Dulce como la hiel
de tus labios

# FRANCISCO PEREGIL

# Dulce como la hiel de tus labios

AVE FÉNIX / SERIE MAYOR

PLAZA JANÉS

Diseño e ilustración de la portada: Next

Primera edición: febrero, 1998

© 1998, Francisco Peregil
© de la presente edición: 1998, Plaza & Janés Editores, S. A.
  Enric Granados, 86-88. 08008 Barcelona

Printed in Spain – Impreso en España

ISBN: 84-01-38578-4
Depósito legal: B. 779 - 1998

Fotocomposición: Comptex & Ass., S. L.

Impreso en A&M Gràfic, s. l.
Ctra. N-152, km. 14,9
Pol. Ind. «La Florida» - Recinto Arpesa, nave 28
08130 Santa Perpètua de Mogoda (Barcelona)

L 3 8 5 7 8 4

*A mi hermana*

# CURRÍCULO

Siempre quise ser el pistolero que llega o el que se va. Nunca el más rápido ni el justiciero.

Bien el que se acerca a lo lejos, unido al mundo por el polvo y su caballo, cartucheras sobresaltadas, la cara tostada de soledades y un aire distante en la esquina de la boca donde nacen las nubes...

...O bien el que se va por el llano, se va, se va, tierno trato del risco contra el hierro, y de pronto para. Media vuelta al caballo, inclinado hacia el pueblo y los pañuelos del adiós, sonrisa al frente por irse o por dejarlo, hasta que decide para siempre regalar la paradoja de su espalda y el culo de la bestia.

# PRINCIPIO Y FIN

Yo fui el asesino de mi cuñado. Irene, la única mujer por la que merecería la pena vivir, me odiaba porque maté a su hermano. Y yo me hundía en el pozo de mi cama, sin más flotadores que un ordenador, muchas prostitutas y una suave pesadilla. Bueno, en verdad, había más flotadores.

Por eso, hasta anoche la amargura era tolerable. Porque yo oponía al remordimento estancado de mi crimen y a mi ordenada colección de derrotas la ventolera de un hijo fuerte donde mirarme sin prisas. Además, me visitaba algunas noches la Científica, una antigua compañera del Cuerpo a la que acudí para que fuese limpiando de Irene los sillones, las cortinas y mis manos. Todo eso sirvió para decorar un fracaso y ablandar la almohada, pero es que, por si fuera poco, me ayudaban ustedes sin saberlo, parpadeantes, insaciables, tullidos tal vez, ávidos lectores en cualquier caso, mis amigos de Internet. Hasta anoche.

Hasta anoche guardé el sueño que me acariciaba antes de la mañana, el sueño, el sueño, el sueño. No huyan. A mí también me fastidian esas historias donde se encajona un sueño y se le trata de extraer conclusiones, tesoros freudianos o un aire de misterio y poesía que suele faltar en la propia historia; me fastidian casi todos los relatos de sueños. Podría contarles, y no quiero, hasta el mínimo detalle sobre la forma en que mi cuñado se presentaba en casa para detenerme por haberlo matado, me esposaba y advertía a todos sus socios encarcelados que yo era su asesino; algunas noches se desternillaba y el colmillo más próximo al corazón parecía idéntico al casquillo de la bala con que lo asesiné; otras veces, y ése era el peor de los sueños, jugábamos a las cartas, nos reíamos, nos dábamos palmadas y no pasaba nada, tan sólo que nos sentíamos a gusto y que la vida era aquello: él, yo y la amistad. Al despertar me daba cuenta cuenta de que a mi amigo lo eliminé con un dedo. Podría contarles mucho acerca de mis fantasmas, pero sólo les diré que supe deshacerme de sus imágenes antes de construir sobre la cama un oasis más blanco y más fresco que las sábanas para apagar los pensamientos febriles. Allí era donde se refugiaba mi conciencia y allí era donde recibía muchas noches el regalo de mis pasos en la nieve, la luna a ras de suelo y ese brillo verde agazapado en lo blanco. Al acercarme, dos ojos mirándome desde abajo. Eran del color de los polos de menta, de los polos camino de la escuela, la mirada triste y lasciva de aquí-estoy-porque-he-llegado. Conforme yo apartaba los copos iba descubriendo un rostro tan insoportablemente bonito que el sueño se pasaba al bando de las pesadillas. Concluía justo al bajar mis manos hacia la nariz, rosa de pecas, antes de despejarle la boca, siempre y antes. Me quedaba con las rodillas hincadas en el suelo y el culo en los talones, al galope de la montaña, Maqueijan el solitario. Y sin saber de su sexo. Hasta anoche.

Anoche, con las manos cortadas de frío, comprobé que

era hembra. Aguanté la mirada, aparté más nieve que nunca y logré verle los labios justo cuando sonó el teléfono. Ideados para mis besos, para los besos de cualquiera, pero fui yo quien la vio primero y el sueño era mío, qué cojones. Lo mejor del sueño es que era mío. Era, era, era. Duerme mi niño, era, era, era.

Alargué el brazo hasta volcar el vaso de whisky sobre el canto del teléfono. En ese momento concluyó mi exilio.

Así que ya han visto todo lo que un pobre hombre puede atesorar sin salir de su cama, aferrado a su poco valor y al recuerdo de la mujer que quiso. Ahora verán todo lo demás.

Cuando lean lo que sigue, mi Alma, este engendro portátil de la quinta generación de ordenadores, se habrá apagado por mucho tiempo y entonces, cada coma, cada guión y cada punto podrán prostituirse; incluso los de ustedes. Pero antes, piensen durante un renglón en algo cruel,

piensen en lo más cruel que se pueda maquinar contra un padre y un hijo,

piensen en las mentiras de la noche, en las letras atrasadas de la amistad, y verán que nada es comparable a lo que me ha tocado vivir hace un rato. Nada. Uno se amuralla contra la infamia con una sábana, con muchos libros o con un Alma como la mía y la de ustedes, uno trata mediante esas blancas elecciones de ponerle dos rombos a la vida, como en la tele de antes, cuidar de que el gel aparezca siempre en la misma esquina de la bañera y que los soles suelden el otro lado de la ventana, uno se agazapa a la prudente espera de un cáncer, un terremoto o una guerra, pero al final todo es peor, los rombos cotidianos se vuelven, te muestran lo que tapaban y se te clavan en el pecho como lanzas. Siempre se clavan. ¿Y entonces, y por tanto, y ahora, qué?

Ahora me he quedado tan solo y con tanto miedo que sólo me detendré de vez en cuando para reír. Risa me dará de reírme, pena de no llorar.

Va la botella por los aires, que la destape quien guste y la deguste quien pueda.

# 1

—Maqueijan, debe usted cabalgar de nuevo.

Colgué. Mi teléfono no logra acostumbrase a voces como ésa. Sonó de nuevo casi antes de colgar.

—Maqueijan... ejemm... —Hay quienes ensucian la realidad con los carraspeos de las malas comedias—. Ejem... Inspector Rejano, ¿está usted operativo?

—¿En qué mes estamos, jefe?

—¿Está usted operativo? —Su voz se batía contra el teléfono como un mar de farragosas esdrújulas, aunque no pronunciara ninguna.

—¿Qué mes, qué año y qué hora, jefe?

—Son las cuatro de la mañana del mes y el año en que usted suspenderá su baja laboral y volverá al servicio. ¿Estamos?

—Entonces, no. No estoy operativo.

Suenan agradables los teléfonos cuando se cuelgan en el momento justo. Ccccla. Suenan como la puerta de un búnker que guareciese del frío y de los males de un siglo, como la tapa de esta Alma cuando se cierre.

Me arrebujé en un cielo de mantas y acaricié temblores de mulata. Renata es la cosa más parecida a su vídeo de presentación, esas imágenes que se cuelan en mi cama a sesenta y cuatro mil bits por segundo y me permiten contratar cualquier servicio con sólo ofrecer el número de mi tarjeta de crédito. Renata engulle a un hombre, lo vomita y lo posa, igual que un parásito, a su lado. Esa noche bailó salsa por los sofás, cumbia en la mesa y merengue encima del váter, anduvo a gatas por la cocina, evaporó una manzana de un mordisco y se roció con agua fría antes de aterrizar en el desierto de mi cama como un hidroavión.

Adormilada dio la vuelta, me puso un muslo encima del pecho y el otro, suave cartabón de ébano, paralelo a mis piernas.

—¿Quién ha llamado? —roncó— ¿el portero? —Ronquidos de café.

—No, a ése lo padecerás dentro de unas horas.

Leocadio Pérez de Pérez, el portero, mis pies y mis manos, mi botón en la mesilla convertido en lucecita blanca allá en la portería, en zumbido leve, que lo hace subir como el mejor ayuda de cámara y preguntar con imperceptible inclinación de tronco y oído derecho, qué desea el señor comisario. Ha visto de todo y todo lo calló, pero ese día llamó a la puerta, se acercó muy sigiloso a mi cama, el pelo blanco, andares de general derrotado, y susurró algo. Pedí a Renata que saliese de la alcoba y se entretuviera por los arrabales de la casa. Llevaba la mirada redonda y lacrimosa de Leocadio sellada en su braga.

—Comisario... —Leocadio me asciende a comisario en cuanto puede— no le importaría... verá usted, es que se me ve muy viejo, y ya sé que estas cosas no son normales, pero no le importaría...

—Ya, que le centre algo, ¿no?

—Bueno, sí, cualquier señora que usted conozca, que parezca una cosa natural, ya sabe. Usted consigue muchas mujeres con su ordenador, no le importará que yo... que una de ellas... más que nada es porque me gusta hablar con chicas, conocer gente, no me canso de conocer.

—Es usted todo un antropólogo.

—¿Perdón?

—Nada, cuando baje la señorita por la mañana, la aborda; si hay suerte, vale, y si no, ya le presentaré a otra. De gratis. Pero sólo una condición...

—Dispare.

—...Si no llega usted al tercer asalto en siete horas, me abona cien mil pesetas.

Cuando se lo conté a Renata su cara se convirtió en una catarata dulce de leche. Jaaaaajá, risa Polaroid, resultona sólo hasta la mitad del revelado.

Pero no era mi portero quien llamaba al teléfono, ella podía descansar aún. Nos callamos y tal vez nos creímos dormidos. No haría un minuto que me había arrellanado en su espalda cuando sonó el chisme de nuevo.

—Escuche, Maqueijan, son las cuatro y cinco de la mañana, soy su jefe superior y le estoy llamando desde mi casa. Lo que voy a comunicarle es una orden que, de cumplirla, le permitirá a usted seguir disfrutando de las ciento setenta mil pesetas —brutas, brutísimas— que le llegan todos los meses sin salir de la cama. Si no, búsquese —primera esdrújula, búsquese, y andaba yo para buscarme— otro oficio con mejores pensiones. ¿Me escucha?

—Me cuesta.

—Será preciso que se incorpore de una vez y acuda a este castillo: calle de Nervión, número cuatro, en La Moraleja. Cámaras de vídeo, tal vez agentes de seguridad y mucha paz. Pregunte por el dueño: Raúl Sanabrias Demedio.

—¿El Manco?

—Raúl Sanabrias Demedio.

—Jefe, sabe de sobra que no me hablo con él desde...

—...Hace doce años. Las indisposiciones sentimentales no me incumben. Hay un problema que no admite dilaciones. Sin más. Y llévese su ordenador portátil.

—¿Para qué me...?

Suena horrible el tartajeo de un teléfono que cuelga al otro lado de la noche. La mulata roncaba con el muslo sobre mi pecho. Una atleta. Levantarme de la cama para ver al que me tumbó en ella. Iría hacia allí, me comería todas las tardes de alpinismo por los mostradores, las indirectas sin guante ni preámbulo, el divorcio, y le preguntaría qué te pasa, amigo, qué te pasa. Un hombre con mucha mano.

—¿Qué? —Renata subió a horcajadas en mis costillas. Súbito paisaje el de ella contra el techo, como para despeñar desde lo alto de su cabeza la cabra del doctor Rodríguez de la Fuente—. ¿Qué decías?

—Trataba de contarme un chiste sobre mancos. —No comprendió nada—. Vístete rápida que no tengo ninguna prisa. —Lo que se dice nada.

—¿Te vas a levantar, mi amol?

A las cubanas les gusta alardear de acento. Mi amol, mi amol. Las bragas de mi amol se han inventado para que los hombres como yo nos pasemos horas enteras descifrando los jeroglíficos que dejan en la piel de culos como el suyo. Daba tristeza verla vestirse, era decorar el sol con cortinas, manchar la llama de una vela, pero me tentaba más el whisky y eso hacía que renunciara al vaso y al culo. El vaso seguía recostado, voluptuoso sobre el cañón de la Chunga. A punto estuve de sorber las gotas que quedaban en el fondo. Noventa y siete noches seguidas con ese perfume doradísimo taladrándome la cabeza. La primera y la última vez que puse a mi hijo la mano encima marcó la fecha. Entró infectado de voces y manos altas, que si vaya estercolero, que si no me daba vergüenza, todo el día enganchado a un ordenador, como si fuera tonto, que cuánto tiempo iba a seguir dándome de baja, su camiseta ajustada desafiando la consistencia de los bíceps en cada movimiento y viceversa. Le dije que se marchara con su mamá y me dejara tranquilo, que sólo me visitaba cuando tropezaba con la casa y siempre con el mismo cuento, que se fuera, que yo tenía muchas cosas que hacer, largo, largo, largo, clac, clac, con tres dedos. ¿Hacer?, ¿ahora me vas a contar que tienes cosas que hacer? ¿Al marujeo que te traes por Internet le llamas curro? ¿O te refieres a las miles de veces que has visto los miles de películas del oeste que tienes por todos los rincones? Pero si no das golpe desde hace años, jefe, ¿cómo pretendes, cómo insistes en volver con mi madre?, si es que van a tener razón los que dicen que eres un borracho y un cobarde que no se atreve a salir de la cama. Daba la casualidad de que aquella tarde me encontraba fuera de ella, con resaca, ojeroso, despeinado, pero fuera de la cama, de camino al baño, y mi mano, que escuchó lo de cobarde antes que yo, se disparó hacia su cara. Sólo un desgraciado profesional sabe lo que se siente cuando un hombre de dieciséis años se esfuerza en no llorar. No soportaba su mirada, dos cabezas por encima de la mía, como de Cristo insurrecto. ¿A tu padre le vas a llamar inútil? Sí, a mi padre, ya estoy harto de verte siempre puesto. Le endiñé un empujón en el pecho, retrocedió cuatro pasos hasta chocar contra la pared y compuso el cuerpo como para revolverse, la camiseta y los bíceps contra mí. Se me echaba encima con la primera comunión, con todas las cajas de Coa-Cao y las botellas de Coca-Coa de cuando aún no sabía pronunciar la ele, los cuentos del tío Camuñas y los pucheros entre las sábanas, los quebrados y los balones de cuero, con todos los caramelos de todas las cabalgatas de Reyes. Se me venía con todo aquello y con cuatro nudillos achatados, de los que comen carne de vez en cuando. Mi hijo Fidel. Pero el brazo se le congeló a una cuarta de mi nariz. Vibrando. Yo miraba al puño, el puño me miraba a mí y Fidel a los dos. Salió zumbando, como si hubiera orinado sobre los cuentos, los pucheros y todo lo demás. Sé que corrió horas de muchos minutos hasta que el pecho lo tumbó al suelo. Noventa y siete noches. Noventa y siete días. La cama sin whisky era un adorno. A veces me zambullía con la nariz en el vaso sólo por oler la mezcla de polvo y alcohol. Entonces tiraba el licor, fregaba el vaso y reponía el cargamento con hielo y todo.

Eché mano de la Chunga y entré en el aseo a quitarle la pringue del whisky.

—¿Se me ve linda, mi amol? —Otra que me levanta dos cabezas.

—No, no vas a estar guapa en la vida, por más que te pintes.

—¿De verdááa? —Hasta la voz insinuaba curvas.

—Pero se te ve muy buena. Imponente.

Cuando se maquillan en el lavabo las mujeres suelen sacar un poquito de culo, pero aquella chica expandía tal calibre de ondas eróticas que los Winchester de James Stewart parecían salirse de sus carátulas, se rebrincaban las alcayatas en los cuadros y les daban espamos a los grifos. Me habría unido a la *mêlée* si no hubiese tropezado con un estuche de violín envuelto en estrellas de celofán. El regalo para la niña de mi mendigo, para mis visitadores más desinteresados, se lo iba a entregar por fin en la calle y en persona. Como un señor.

Me vestí de cara a la ventana. Desde un decimoquinto piso la ciudad a las cuatro de la mañana parecía una máquina tragacoches, un flippers de esos que arrumban en las esquinas de los bares, dispuesta a soltar todas las bolas por la mañana. En cinco segundos de vacío y chasquidos aterrizamos en Madrid. Lo malo de esas jaulas con espejo que nadie llama descensores es que uno tiende a maquearse incluso cuando regresa solo a una casa sola.

Toda la fauna de la ciudad hacía cola detrás de mi portero. Anda que se iba a dormir Leocadio Pérez de Pérez. Sin embargo, por una milésima de instantáneo desconcierto, se olvidó de la mulata. Una momia haciendo abdominales en su mostrador no le habría causado tanto impacto como yo en posición vertical.

—Pero, comisario... ¿Pasa algo?

—Nada que no tenga que pasar. Deme las llaves del coche.

Sólo precisé señalarle a Renata para que me dejara en paz. Cuando decimos que nos gusta la gente sencilla, en realidad queremos decir gente simple, la galleta en la boca y la patita en mi mano.

—Señorita, sería señorita, tan amable... tendría la amabilidad... verá usted señorita, ¿podríamos hablar un momento?

—Claaaro, mi vida. —La catarata de calcio—. ¿Cómo tú te llamas?

Pedí a Renata que me radiara la conclusión del combate por el móvil. Leocadio se había pasado toda la vida soñando con una hembra así y ahí la tenía, al otro lado del mostrador, tocada levemente por el resplandor de su flexo.


Coloqué el violín en el capó del Seat 131, mi Alma en el asiento de al lado y conecté la radio. Gracias al buen hacer de Leocadio durante cientos de mañanas, el coche arrancó sin un estornudo. Las calles parecían más anchas que cuando las dejé, los taxis más blancos y el aire más oxigenado.

El asfalto, húmedo de rocío, brillaba como la lengua de un lobo. Me sentí como un sordo en una discoteca —¿por qué corre tanto la vida si voy sentado?— como Tarzán en una fiesta rociera —¿por qué bailan las calles al ritmo de luces rojas, verdes o amarillas, por qué las luces, por qué las calles?— como un niño en la fábrica de Chupa Chups —¡porque sí, porque sí, porque sí!— todo al mismo tiempo y también de forma sucesiva. De vez en cuando acariciaba mi Alma en el asiento de al lado para sentirme seguro. Casi podía palpar al asesino de La Habana y sus sesenta crímenes a la espalda, a Sharon —por supuesto y como siempre— Stone, al revolucionario de Chiapas subido en un árbol, a la princesita japonesa, los cojos de Brasil, los solitarios del mundo que se cuelgan de la Telaraña informática como de un cine con estrellas conquistables, todos dentro de los salones de conversación sostenidos con tiempo y espacio y nada más.


Renuncié a la radio para atender al ritual de la M-30. De madrugada hay que observar los rascacielos que se congregan como alimañas en las inmediaciones de la Nacional I, deslizarse a su lado, escuchar el sobeo del viento en el costado del coche y el sueño de tanta gente. Siempre quedan algunas ventanas, las pupilas del bicho, encendidas, surrentos donde tornar sin haber ido antes. Hubo una época de noches redondas en que me dio por quemar horas bordeando la ciudad por la M-30. Me intrigaban aquellas oquedades tan lúcidas dentro de una mole dormida, me inquietaba la idea de que hubiese a esas alturas tanta gente tan sola como yo. Digo bordeando Madrid porque ésa era la palabra y el tiempo su gerundio. Con la excusa de buscar a un etarra o algún chorizo, me adentraba en los rascacielos, llamaba a las puertas de los ojos, daba el placazo y husmeaba en sus complejos. Adelante, adelante, señor agente, ¿acepta usted un cafetito, una copa quizá?, siéntese por favor, tome asiento, la verdad es que en el piso de abajo viven unos chicos muy raros, sí, bueno, con pinta de vascos, yo es que voy a lo mío y no suelo hablar con los vecinos, ¿sabe usted? Iba sabiendo.

Por poco me paso el panel de la Moraleja. Me quedé mirando en la entrada la escultura de unos cervatillos fríos, tristes, escuálidos, como cabreados de ver tanto rico insulso, enemigos naturales de la especie. Miré la calle en la guía. Luz interior del coche como una vela en el bosque, dedo hormiguero que viaja en la madrugada de parques, cruces y nombres ilustres. Nervión, número cuatro.

Algunos chalés de la Moraleja parecen maletines negros llenos de dinero negro. Inaccesibles, feos y misteriosos. Otros son frigoríficos marrones que prometen al abrirse bellezas corrompibles como hostias consagradas. De vez en cuando aparece alguno como un suspiro de arquitecto con sabor a caramelo de café, esbelto, alambicado, aromático desde lejos. El del Manco, sin embargo, irrumpe como si lo fuera a recibir a uno un coro de chicas can can, como si toda la urbanización se hubiese construido en torno a él, como si ná.

El Manco. El hombre que me condenó a la cama, ya se dijo, el dueño de su destino, el amigo más falso de sus enemigos, ahora y en la hora, en busca de mi Alma, Nervión, número cuatro, el Manco hombre, el Manco.


Un buen amigo, lo que se llama un amigo fiel, de los de toda la vida, te dura mientras no le salga novia, mientras no cambies de colegio o mientras sientas ganas de llorar en su hombro y no se te olvide comentarle las causas del llanto.

Sin embargo, él me duró más de treinta años. No he conocido nunca a un tipo duro, nunca, y he visto bastante gente con poco apego a la vida. Pero si alguien puede personificar la dureza, ése es él. En el calor de los veinte eneros topamos con la Mamen, una diosa sin desodorante. Los dos sucumbimos ante las convulsiones musculosas de sus piernas, así que se trataba de resolver la cuestión con estilo. Una tasca a las once de la noche, una navaja automática en la mesa y veinte mandíbulas haciéndonos un corro. Lanzamos una moneda al aire y salió la calva por la gracia de Dios. Él empuñaría la navaja. Aplastaría su mano izquierda sobre la mía y con la derecha clavaría el hierro en las dos. El arma nos uniría todo el tiempo que lo soportáramos y el que primero dijera basta, vale ya, renunciaría a la Mamen. El cíngulo de cigarros Bisonte, pañuelos (arrugados, redondos y húmedos como el mundo), nos ha jodido, dientes picados, con dos cojones y naipes grasientos, no terminaba de creer que yo aceptara la apuesta. Por el tembleque con que Raúl Sanabrias elevó el acero sobre nuestras cabezas, por su falta de inquietudes estéticas —no se arremangó para enseñorear venas, vellos, antebrazos, la hora y el reloj— supe que venía en serio. Por fin había encontrado un loco a su medida. Cuando faltaban cinco centímetros para que la hoja nos atravesara, cuando faltaba un instante para que el cíngulo de bisontes, nos ha jodido, con dos cojones, volviera a pensar en sus novias (ellas les pedirían que dejasen de frecuentar esas tascas y ellos, más hombres y más seguros después de la apuesta y su relato, les arrancarían un beso o cinco centímetros de ascensión por el muslo, cinco segundos de estáte quieto tonto, acoso y derribo a la braga de cuello alto), en sus padres (a ver si te pelas un día de estos, les conminarían mientras ellos desgranaban los vericuetos de la tragedia) o en la carta del hermano en la mili (espero que a la llegada de ésta os encontréis bien, yo bien, gracias a Dios), retiré la mano. Raúl no sólo renunció a sujetármela sino que abandonó la suya sobre la mesa como una sentencia firme, se clavó el puñal y lo bañó en gloria mientras todo el mundo me gritaba cobarde, cobarde, cobarde, con los ojos. Desde entonces, lo del Manco fue casi una insignia para él y un mote contra mí.

Nos hicimos policías a la vez. Se retiró del Cuerpo enseguida, a los nueve años de servicio. Montó varios puticlubs, dos agencias de modelos y asépticos sofás de cuero donde nunca sudarían los políticos al hablar de fútbol, comisiones, lavados de cabeza y licencias municipales. Pero antes de contraer tan buenas amistades le dio tiempo a convertirme en un museo del fracaso. Lo malo es que no lo hizo por rencor. Nunca me recriminó lo de la mano, al contrario, casi pidió perdón por ponerme en esa tesitura. Llegó a renunciar a la Mamen y jamás volvimos a bromear sobre la energía de aquellas piernas ni la hondura de sus axilas. Reconoció —públicamente, cómo no— que con el duelo sólo intentaba demostrarse a sí mismo muchas cosas y que yo sólo le serví de pretexto.

Tres días después de la apuesta me dio por robar el Jaguar de un joyero del barrio. Volví a la semana con el bosquejo de una sonrisa nueva, el coche abollado y carmín en la ceja. Dos boxeadores me esperaban a la puerta de casa para borrarme el carmín, la sonrisa y el bosquejo si lo encontraban. Llegó él con su brazo en cabestrillo y me liberó de los artistas. Lo hizo de la misma forma que me birlaba protagonismo y lo mismo que me levantó más tarde a Dolores: queriendo y sin querer. No fue tampoco por Dolores, una mujer de bandera que no estaba para mí, sino para casarse con él, por lo que sobrevino la riña. Cuando trataba de discernir si realmente tuvo él la culpa de todo, apareció detrás de la puerta del chalé, una extensa calvicie sobre dos metros de músculos hibernando en cuevas de Loewe.

—¿Cómo estás? —Me ofreció la derecha.

—Mal. —Le negué la mía.

—Sígueme por aquí. —A la mano desplantada en el aire, le encontró la utilidad inmediata de mostrarme el camino—. Mucho frío, ¿verdad?

—En mi cama ninguno.

El viento hacía que los árboles pequeños del jardín cabeceasen con un contubernio de hojas, un cuchicheo de secretillos, mosqueante. Era como si se agachasen unos hacia otros y se irguiesen de repente en sus copas al verse sorprendidos por mí. Estaba claro que me dejaba llevar por el halo de confidencias y revelaciones inherentes al Manco, cosa inevitable cuando se camina junto a un tipo que mira a los lados hasta para decir la hora.

Los pantalones se nos ceñían a las piernas y sus pasos desplazaban más hierba que los míos. Sin darme cuenta imité los andares. Debí de dar una imagen patética por el césped, con el Montecristo del uno y el traje de Zara. Le llego por el pecho, pero no me importó nunca imitar su risa, las expresiones y los gestos. Otros prefieren las citas de grandes escritores, el cine o el desconocido de turno. La vida se amuebla con situaciones mediocres, tópicos necesarios y frases tan hechas como aburridas en las que uno tiende inevitablemente a reclinarse. Sin embargo con él, aunque nos abandonáramos callados en un banco, creías experimentar un momento cargado de inteligencia. Los domingos no parecían domingos a su vera. Sus ejercicios espirituales consistían en destrozarse en público, en ponerse a parir él mismo, delante de mí o de tres mujeres, despeñarse por un discurso de autocríticas que nadie solicitó jamás. Había que verlo en una tasca con los codos en las rodillas y la mirada clavada en cualquiera de nosotros. Sólo pienso en el dinero y en las tías, y si un amigo vuelve la espalda, me pongo a rajar de él. De ti mismo, Augusto, me confiaba en público, me río sólo porque eres zambo, como si tú lo hubieras elegido así, y a tu novia, Fernando, me la he querido tirar alguna vez, y si no lo hice fue porque no tragó, y si me pongo los pantalones negros de campana, me creo el rey del mambo, si alguien cuenta un chiste gracioso, en vez de disfrutar el momento, sólo pienso en memorizarlo para contarlo ante otra gente. Nadie hablaba. Aquellas confesiones extraían la parte más ruin de nosotros. Carlos le sugirió un día que se fuera a llorar en las enaguas de la madre. Carlos era el más pequeño de la pandilla pero había pasado por cuatro reformatorios sin que nadie lo tumbara de una paliza. Con dieciséis años debutó en el Campo del Gas y acabó con las ilusiones del otro al primer asalto. Todos creíamos que el Manco iba a tirar de navaja, pero optó por los puños, y la cosa no salió demasiado favorable para Carlitos. Después de reventarle la boca, el Manco, que entonces no era el Manco, se lo llevó de copas y anduvieron borrachos tres semanas seguidas. O cuatro. Carlos consiguió ejercer de cura en una iglesia de Villaverde antes de que lo destinaran a la del barrio de Salamanca. De los demás amigos, el Vaca, Antonelo el Cicatriz, el Torrija, apenas sé nada. Y sin embargo, aún permanecían, abiertas y sensuales como sandías, las mañanas en la carretera de Extremadura contando condones, la cola que formábamos delante de la Cordobesa, veinticinco pesetas de pie, treinta y cinco en el suelo, queréis cerveza fresca, ¿Verdad, niños?, descruzando las piernas varicosas y dejando al socaire de las risas un chiste rubio chispeado de sudor. El recuerdo de todas las aventuras que nunca conseguimos dejar de evocar seguía entreabierto doce años después a la espera de que le hincáramos el diente. Pero teníamos tantas cosas para hablar como para callar, así que me concentré en seguir sus pasos por la hierba. Un tipo vestido de mayordomo, de esos que ya de pequeños juegan a ser mayordomo y sueñan con autógrafos del conde Drácula, fue abriendo puertas y silencios —este silencio, de chimenea fría; éste, de pasillo lánguido; éste, de tamboreo de tacones, guante blanco y pensamiento corto— por delante de nosotros. Llegamos a una sala con pinturas del Rocío, mesa de billar, guitarras en las paredes y telarañas fornicando con el cuello de los Rioja Gran Reserva. El mayordomo cerró la puerta desde fuera, una mano en cada hoja, como si se diera un abrazo a sí mismo, el conde en su ataúd.

—Acabo de peinar esto. —Quiso tranquilizarse a mi costa—. No hay ningún micrófono. —El obseso de los micrófonos.

Montó a caballo en una silla y con los brazos apoyados en el respaldo se puso a largar de Dolores, de lo que había significado para él su mujer. Todo, todo en la vida. Y Bartolo, el hijo, que vio a la madre morir de cáncer cuando acababa de cumplir la criatura quince años, que con veinticinco aún la echaba mucho de menos. Me confió algo que el tipo duro no encontraba la fórmula de confesar:

—Entre la madre y yo había demasiado a favor de la madre. Por eso... verás, por eso mismo, no me extrañé cuando me enteré por terceros, porque estas cosas siempre llegan por los demás, ya sabes... Bueno, el caso es que cuando me lo dijeron no me extrañé de que Bartolo... fuera maricón. —Se le movió la nuez como la de un dibujo ani-

mado, de muy abajo hacia *arrrriba* y vuelta a empezar;
miró al suelo, al techo, y después a mí—: Es un tío de una
vez —prosiguió— independientemente de lo que se lleve a
la cama.

—¿Y bien?

—Lo han secuestrado cuando salía de entrenarse del
Metropolitano, me piden quinientos millones de pesetas en
dólares usados y en menos de veinticuatro horas. Se lo han
llevado en su propio coche.

—No esperes a que te pregunte qué coche.

—Un Nissan, un todoterreno negro, bastante viejo. —Sus
ojos en mi pelo, a por canas y silogismos—. No pienses
que es una treta de Bartolo. Sabe que todo se lo voy a dejar a él.

—¿Qué pinto yo en esta historia?

—Aún sigues siendo el mismo policía al que sacaron de
la cama un nueve de noviembre de 1987 para resolver el secuestro de Melodie en la Costa del Sol y regresó diez días
después a Madrid con el caso resuelto. Entonces ya le ha-
bías cogido el gustillo a eso de las depresiones. Medio año
de baja, una semana trabajando y otro medio año de baja.
Pero eras el mejor, amigo, el mejor. Ahora dispones de
mucho menos tiempo, apenas veinticuatro horas desde ya,
pero a cambio cuentas con un precioso ordenador y un recado dentro de él.

—¿Qué recado?

Lanzó una bolsita en la mesa y se sirvió un whisky doble que pasó del vaso al gaznate sin mojar los labios. El dibujo de la nuez se iba animando más. A horcajadas en la silla masticaba el hielo cuando vertí el contenido del
plástico.

Cayó en la mesa un papel empapado de sangre con los
dedos índice y corazón de alguna mano desgraciada en-

vueltos en su interior. Nauseabundo. Cuanto más se miraba aquello, más rojez y truculencia ganaba, y cuanto más se proponía el Manco no desviar la vista, más palidecía, como si se produjera una transfusión de sangre por ciencia infusa de sus mejillas y su calva a los dedos arrancados. Los coágulos parecían frescos, como si no llevasen mucho tiempo despegados de su dueño. En el papel que enviaron se podía leer escrito a mano con tinta azul:

*La solución al enigma, en el Alma de Maqueijan.*

El Lector

Fuimos hacia mi coche, abrí el portátil y brotó este mensaje del buzón electrónico:

*Esto le pasa al hijo del Manco por no saber jugar con la nieve. Si se le ocurre llamar a la policía, habrá otro manco en la familia. Pero muerto. Mañana, a estas alturas de la noche, él deberá soltar lo convenido. Mientras tanto tú, Maqui, no dejes pasar nunca dos horas sin asomarte por aquí.*

El Lector

El Manco masticaba sin nada en la boca. Al rato encontró palabras:

—Me llamaron por teléfono y me explicaron las condiciones del rescate. Y en menos de una hora, para que me anime a pagar, me enviaron esto. Ya sabes el tiempo que tienes para tenderme sus cabezas en esta alfombra. De nuestras cosas podremos hablar más adelante. Toma una foto del chico por si te vale de algo.

Se veía un chaval musculoso agarrado al esquí acuático

con una mano y saludando con la otra. Patillas de hacha, labios carnosos y la sombra de un hoyuelo en la barbilla, perceptible incluso desde los cinco metros en que le tomaron la foto, instrumentos válidos —músculos, labios y hoyuelo— para asegurarse los domingos poblados y el acceso a una fiesta de cumpleaños por semana.

—¿Cuáles son las condiciones? —pregunté.

—Debo llevar la pasta a un lugar del que serás informado en tu ordenador. Era una voz de hombre, bronca y dulce a la vez. Llamó hace una hora, y al rato un mensajero me trajo los dos dedos. El mensajero no sabía nada, claro. Hay miles de formas para contratar esos servicios sin dejar pistas.

Con el rigor milimétrico con que todos los tipos desordenados hacen propósito de enmienda una vez cada tres meses, guardé la foto en el bolsillo interior izquierdo de la chaqueta y los dedos en el exterior derecho. Tal vez la ocasión requería un fuerte abrazo, pero sólo pude tenderle la mano. Y con la mano agarrada me preguntó:

—¿Te habla ya Irene?

—No me habla, no.

—Lo siento.

Antes de arrancar el coche encendí el ordenador y apareció otro mensaje:

*Vete a la discoteca Joy Eslava. Deprisa.*

EL LECTOR

## 2

De regreso a Madrid conecté con radio Olé en el Seat
131 y me sobrecogió un ramalazo místico que para sí habría querido San Juan de la Cruz. Sonaba *La hija de Juan
Simón* y no me crucé con más de diez coches en el camino,
con lo cual, silencio en la pista, arrullos del viento a mi coche, luces de mi coche al viento. Bailaba la luna atrapada en
las fauces de las torres KIO y a veces rebotaba con pelotazos limpios, alegres, silenciosos, entre los tejados de los
rascacielos, al ritmo de las curvas y de los baches que yo
sorteaba. La hija, en cualquier caso, se murió de pena y era
Simón en el pueblo el único enterrador. Cuando llegué a la
discoteca Joy Eslava, ya habían sepultado a la muchacha,
¿de dónde vienes Juan Simón?, soy enterrador y vengo de
enterrar mi corazón. En cuanto a mí, llevaba los ojos húmedos y bajé la cabeza para entregar las llaves al aparca.
No está bien que se le escapen las lágrimas a un asesino.

—Buenas noches, comisario, ¡cuánto tiempo! y todo eso.

A los porteros les gusta dar con comisarios, no hay por
qué desbaratarle su sociología calcetinera.

—Y todo eso —saludé.

Joy, de nuevo Joy, el portero, el abrigo hasta el tobillo,
y la gloria detrás en forma de escalones. Cualquiera que

suba por Joy se cree alguien. Ves la escultura de unos bailarines clásicos, tapices rotos a la manera complaciente y despreocupada en que se van rompiendo las cosas de palacio, más esculturas de mujeres desnudas que te aprueban desde los rincones y los altos de la escalera, espejos, faldas que llegan y faldas que se van, todo ello en la escalera, subiendo por Joy, antes de la barra y de la pista, antes de sufrir una hora la tortura del paraíso y comprobar que nada de aquello es para uno, después del portero y antes de lo demás, la ascensión. Sientes que puedes encontrar las piernas de tu vida, las más perfectas, que dejen de bailar un momento y apunten hacia ti cargadas de rodillas brillantes, gimnasia, desayunos con zumo de naranja, veranos y eternos vestidos blancos.

Me descubrí avergonzado mirándome de reojo en los espejos de la escalera. Nariz perfecta, bigote agreste y diminutas concreciones blancas de mi cabeza, mundos tan grávidos como traicioneros que viajaban desde la testa a mi espalda, y como polvos mágicos desplazaba yo de mi espalda a la moqueta.

Apareció un relaciones públicas avisado por el portero y se sorprendió de que pidiera un zumo de piña. Su confianza no llegaba hasta el punto de solicitar explicaciones. Un buen relaciones es el que hace sentirse importante a gente como yo y éste sólo me hizo sentir bajo. Me preguntó por mis delincuentes y ordenó delante de mí a un camarero que cuidase de que no me faltara nada. Eso al tiempo que escrutaba todos los rincones, no se le fuera a escapar un importante de los de verdad. Se empeñaba en demostrar que me invitaba, aunque por ser 24 de febrero de 1994 celebraban creo que el decimocuarto aniversario de la sala y todo era gratis. Catorce años de mira quién está ahí, dónde, dónde, ahí, ahí, ¿qué dices?, que dónde te has comprado esta monada de corbata, qué se ha hecho fulana en la cara, que qué has dicho, y con quién trabajas ahora. Sólo acudieron los chupaflashes de siempre, pero en medio de tanto artificio, varada en la pista, sola y más solicitada que nadie, reposaba una mesa de fresones, adobo, endibias y nabos, enorme como una ballena en un río, insultante como el campo en Joy.

Por lo demás, las chicas del Un dos tres, las de Tele 5, un travestí horrendo vestido de novia, una niña de quince años con pantalón negro corto, cara de virgen navideña y cuerpo de actriz porno, cinco putas dominicanas haciéndose fotos junto a la mesa central para mandarlas al día siguiente a su familia, los periodistas de la carne y Arturo el paparazzo sentado con dos rubias de metro ochenta en Canarias. Ése era el panorama.

Después de los previsibles palmetazos en la espalda, de los sigues igual que siempre, qué alegría de verte, y demás alardes literarios, Arturo me informó sobre el hijo del Manco.

—Bartolín se puede comer por la napia medio gramito por noche, unas cuatro mil pelas diarias, que no es ni mucho ni poco.

—¿Tiene novio?

—Todos los que quiere. Ahora ejerce de acompañante suyo un chavalín que va mucho por Adagio, moreno de ojos grises. —Tosió, tosió, tosió Arturo, y continuó hablando—. Bartolín Sanabrias hasta hace pocos años era bisexual, pero no te fíes porque en el ambiente hay muchos que van de eso.

Se lo veía quemado al paparazzo. Quemado por los rayos UVA, por sus propios flashes, por la dulce vidilla de sus modelos, por los implantes de cabello y por los ladridos de todos los perros que se le habrían ido muriendo en tantas tardes de vídeo, teléfono y nubes bajas.

—¿Sigues muriendo solo, Arturo?

—Sigo sin aguantar a nadie en casa, pero es que ni a mí mismo, oye. Hasta para leer voy a los parques. Si me quedo encerrado no se me despegan los ojos del teléfono. Y cuando suena el del vecino me creo que es el mío. Me comentaron el otro día que un escritor americano dice que los domingos matan más gente que las bombas. Bueno, pues yo creo que los contestadores asesinan más, fíjate lo que te digo. Lo primero que hago cuando llego a casa es mirar el contestador automático. Mediante un juego de espejos he conseguido ver la luz roja del contestador nada más abrir la puerta de casa. ¡Qué bonita cuando parpadea! Si hay mensajes parece que la vida me guiña y me anima a entrar en la casa con la luz rebotando por todos los espejos como en una fiesta. Entonces, me recreo en esas cosas que hacemos sin darnos cuenta. Soltar las monedas, las llaves, cambiar los zapatos por las zapatillas, quitarte los calcetines... ¿Hay algo mejor que quitarse los calcetines sabiendo que tienes mensajes? Mientras lo hago imagino quién me habrá llamado, qué me ofrecen, qué les voy a contestar. Me gusta elegir bien el boli con el que tomo nota de las llamadas. Pero cuando hay pocos mensajes, amigo, no aguanto la espera, me traiciono, y por más que me lo propongo, y con un zapato puesto y el otro a medio quitar, me abalanzo sobre el aparato y escucho. El problema es que casi nunca hay mensajes, Maqueijan. Y me encuentro la señal roja inmóvil como una barra de prohibido el paso o como yo qué sé. Entonces, no te imaginas hasta qué extremo odio a todos los que podían haber llamado y no llaman.

Había mucha sintaxis en aquel vaniloquio que Arturo soltaría siete veces por semana.

—¿Quién le pasa el tema a Bartolo?

—No tiene un camello concreto. Me han dicho que a

veces va él mismo con su coche a las chabolas de la Celsa. Mira, allí hay uno que suele venderle. No te contará nada si no te lo presento.

Me señaló un rubio con pinta de culturista cultureta junto a una señora a la que costaba hablar sin sopesarle los pechos. Adriano Gutiérrez, el látigo de los corruptos. Que surge el escándalo Juan Guerra... allá va él presentando una querella; que en el Ayuntamiento destapan el mínimo chanchullo con atisbo de corrupción... te monta una conferencia de prensa y se presenta como acusación particular al grito de mueran los corruptos, mano izquierda sobre algunas fotocopias, índice derecho románico en dirección al cielo. Más de veinte millones de pesetas se ha gastado en abogados, más de medio millón en almuerzos con periodistas. Y en teoría, todo mana de una pequeña empresa de muebles desmontables. Me lo presentó una amiga un día y se me colgó del hombro una hora. Esto hay que arreglarlo, comisario, no puede haber tanto ladrón fino suelto, hay que investigar, hay que descubrirlos uno a uno, y entonces llegará nuestro turno, vamos a limpiar toda la basura, la vamos a limpiar a base de bien. Pero antes, déjalos que se quemen unos años, socialistas y populares, que se quemen, de momento hay que ser sutiles, ya llegaremos nosotros con la escoba a limpiar la casa.

Aquella noche de sutilezas me limpió la caspa, eso sí. Esta vez fui hacia él y no me reconoció, o al menos lo fingía. Nos agasajó con un abrazo de cocainómano y nos presentó a la chica. Ella me besó en la comisura de los labios. Hablé de política un buen rato, de la corrupción policial, periodística, en fin, que me llevó diez minutos apacentar la diatriba con más o menos tino hacia mi rincón. Y todo para que me contase que el niñato ese, el Bartolo de los cojones, es una maricona con mala leche, y con muchos viajes también, comisario, y algunos libros que siempre anda citando, pero que a la hora de la verdad, comisario, se desentiende de los problemas del país. Se tocaba la nariz cada diez segundos. La salivilla de sus gritos me acribillaba la oreja. Nos despedimos de él con otro abrazo y ella me volvió a besar, esta vez, mojándome el bigote. Las mujeres saben besar en la cara y en los labios al mismo tiempo y saben decir cariño, vamos a verlo, cariño, por muy estúpidas que sean, eres todo lo que tengo, mi vida, mientras que los tipos como yo, o se mueren de risa por dentro, cariño, o se les saltan las lágrimas por muy afuera.

Los hombres con intención libidinosa al besar a una mujer en la mejilla, delante de su marido o delante de las convenciones sociales y del propio miedo al fracaso, le abrazan la cintura demasiado o le acarician el cabello o la cara de forma muy perceptible. Pero lo que haga la mujer apenas quedará entre ella y el agraciado. Ella besará en el centro de la mejilla y si acaso le apretará muy leve el hombro dos veces, una por cada beso, con tal finura que si el tipo pretendiera contarlo más allá del cuello de su camisa, cualquiera lo tomaría por presuntuoso, rijoso y poco de fiar. Si ellas retienen la mano lo hacen un segundo antes de caer en el descaro y uno después de perderse en el decoro. Y si deciden bailar por el borde del labio, sólo procede seguirles el paso. En ese beso de comisura caben todos los sueños, las caricias abandonadas en los hangares del deseo y el arrebato que nunca se irá de la memoria. Pero con la amiga de Adriano, esa clase de mujer que enseña sus cartas antes de empezar a jugar, no sentí más que un burdo ramalazo de vanidad.

Arturo el paparazzo me tomó del brazo con mucho sigilo:

—Se me olvidó decirte que últimamente Bartolo anda organizando apuestas. No sé muy bien en qué consisten porque lo llevan muy en secreto, pero creo que Adriano, éste con el que acabas de hablar, está en el ajo.

Adriano y su juguete de sopesar bajaban hacia la calle afilándose la nariz.

Cuando salí corriendo a la puerta, el látigo de los corruptos se saltaba un semáforo mientras me decía adiós dentro de un jeep.

Volvimos a Joy por las escaleras (los tapices, las esculturas, las piernas y un poco de etcétera) como se vuelve al colegio el segundo día de clase. En un rincón vislumbré al Rata, un antiguo compañero de Homicidios, junto a otros roedores que parecían de su pueblo. Nos saludamos con la cabeza y nos quedamos como indecisos por ver si merecía la pena que nos acercáramos el uno al otro. Ningún moribundo se acuerda en el lecho de muerte de situaciones como ésta en que doce personas brindan, y siempre hay dos o tres que no saben si chocar sus copas, que encogen y estiran el brazo, miran para otra parte, vuelven a mirarse; nadie se acuerda al morir, ni siquiera al dormirse, de los brindis frustrados, de esos diez metros que separan al Rata de uno. Y sin embargo, con esos diez metros se van cosiendo los días.

Eché de menos las gafas de sol para huir del compromiso. Fue el Manco precisamente quien me quitó la costumbre de llevarlas bajo techo. Decía que cantaba demasiado a madero. El Rata vino hacia mí.

—Bienvenido al mundo, Maqueijan... y compañía. Ya decía yo que se estaba muy seguro últimamente por Madrid. Y es por ti, Maqueijan, coño, galopando de nuevo.

El Rata es un bocazas guapo y cobarde. Se limpió los restos de una fresa en la boca con la muñeca. La última vez que lo vi, empleaba la manga.

—¿Echando una canita al aire, no? —preguntó con su servilleta de carne en mi hombro.

—No —contesté. Daba igual lo que yo le dijera, el Rata no quería perder tiempo.

—¿Has marcado a las dos rubias de allí? —Señaló con el dedo hacia ellas por si quedaban dudas.

Claro que las había visto, y él también, hablando un rato antes con Arturo el paparazzo. No se atrevía a decirme que se las presentáramos.

—El otro día, sin ir más lejos, hablaba yo de ti con la Científica. —Ahora pretendía alargar la charla para que sus amiguetes se percataran de que Madrid es mucho Madrid pero él sacaba amigos de los rincones.

—Otro día —le ordené—, sin ir más lejos, me lo cuentas.

El Rata dio media vuelta en silencio y Arturo se empeñó en presentarme a sus dos yeguas. Las discotecas como Joy albergan caras que uno se imagina hace cincuenta o quinientos años con una rosa en el pelo en una aldea perdida de Galicia, la India o África, acostumbradas sólo al espejo tembloroso de los manantiales y a la música del viento en las ventanas. Una palabra desde dentro de esas caras puede cargarse el sortilegio, pero a veces, fluyen las frases y no hacen más que refrendarlo.

Las dos modelos de Arturo abrevaban tranquilas, sorbiendo lentamente sus vasos en una mesa de la segunda planta. Renuncio a contar las tonterías que alumbramos porque fueron muchas en diez minutos. Recuerdo que en el muslo de una de ellas apoyé la mano mientras hablaba y el muslo se contrajo como un corazón. Creo que me trataba de decir algo con la pierna y, como no me di por aludido, lo dijo con la boca.

—¿Te importaría retirar la zarpita?

Unos meses atrás y con tres litros de JB en la tráquea no me habría puesto colorado. Pero ahora sí. Y me agradó saberme tan tímido. No sé qué tornillo se desencaja en mi cabeza cada vez que veo una mujer así. Podría disfrutar con su voz, el despliegue de gestos, todo eso que saben hacer ellas con los hombres, las insinuaciones con red debajo, la gloriosa batalla de las ambigüedades. Pero no, me atraía el sabor añejo de las noches en busca de algo, la caza de la hembra en dura lid y todo eso, como diría el portero.

Pensé que con un sorbito de whisky podría hacerme con la propietaria del muslo, o al menos, apalabrar una cita. La prueba de que sabría controlar el vicio es que tampoco había ahora una necesidad perentoria de beber, no estaba especialmente triste ni alegre, ni siquiera albergaba el deseo físico de beber que me asaltó en otros momentos. Llamé al camarero y le pedí un doble con poco hielo.

Pero cuando el vaso, sostenido aún por el camarero, rozó el cristal de la mesa, y casi llegó a sonar como un despertador sobre las noventa y siete noches de abstinencia, me despedí de las dos yeguas, de Arturo y de mis ganas de fracasar. Punto.

Me necesitaba un fornido Adonis mutilado en algún escondrijo con dos dedos menos, un huésped me retaba por los pasillos de mi propio ordenador, entre las paredes de mi Alma, y mis zapatos mostraban hambre de piedras. Me vendría bien apuntarme el tanto, la foto en la prensa con el Manco y su hijo levantando los dedos de la otra mano en señal de victoria, las palmaditas del jefe, los besos de la Científica y las felicitaciones en la Telaraña informática. Pero sobre todo, me vendría bien la confianza en mí mismo para conseguir una cita, una cena, una sonrisa de Irene.

Ahora quería calle, la calle, sus corrientes de aire y de mujeres, de mujeres como las cinco que bajaban del taxi en un frufrú de risas con propina y se reagrupaban y avanzaban hacia Joy y miraban, me miraban, y yo crecido, que les decía, así me gustan las mujeres, y ellas, cómo cariño, cómo, y yo, de cinco en cinco, y ellas y ellas.

Ya en el coche, saqué el ordenador y miré en el buzón. Alguien iba en busca de una buena historia:

*¿Qué sería de las novelas policíacas sin mancos o falsos zurdos que se delatan cuando el bueno les tira una naranja — ¡cójala amigo!—, una hembra o una indirecta? ¿Qué sería de esos libros sin los errores del malo a la caza del investigador o los barrancos como escotes de rubias? Bueno, pues aquí vamos a servir algo de eso y mucho más, que esto no quedará sólo en una novela de género, pero la rubia, amigo, la ansiada rubia, llegará a la tarde.*

*No trates de comunicar con nosotros, no dudes, no falles y enséñanos Madrid, anda.*

EL LECTOR

Podía ser cualquiera de ustedes. José Mártir, desde su celda de La Habana, con el peso de sesenta muertos a su espalda, o el subcomandante Parco en la sierra Lacandona, tratando de conseguir plata para la revolución, o la propia Sharon Stone en Los Ángeles con uno de sus juegos literarios, cualquiera de mis contertulios de Internet con los que tan buenos ratos he pasado, cualquiera de los que yo considero amigos.

¿Es que sólo se puede confiar en alguien a quien ves, hueles y tocas? ¿Y Dios? ¿Qué importa si en realidad José Mártir no es un asesino confeso de sesenta biografías sino el director de la cárcel de La Habana; qué más da si cuando yo en Madrid aporreaba la tecla diciendo *bevamos otra ves por nosotvos, pol Onetri y pow Raymond Chandler,* él fingía ver doble, alzar la copa y en ese momento no corrían *cien caballodd demmtro de su caveza,* sino que a postas escribía con erratas?

¿Qué más da si usted no puede hablar ni tocarme ahora?

¿Cuántas veces el compañero de la barra brinda con algo en la frente totalmente distinto a lo que suelta por sus ojos o su boca?

¿Es que no basta con que alguien vacíe cada día todo lo que siente, o dice que siente, en forma de letras, y eso llegue hasta ti y le devuelvas tu alma en forma de carta con una frecuencia de hasta veinte veces al día?

Cuando allá en el fondo de la meada en el váter a uno le parece escuchar el tintineo del teléfono, y corre hacia él en un trabucarse de gotas y zancadas, es que se siente solo. Y si treinta cartas en el buzón electrónico palian esa soledad, es que hay algo más que una mera transacción ortográfica.

El Lector podía ser cualquiera de ustedes. Alguien que me hubiese leído las suficientes páginas como para tutearme con mi propio estilo.

## 3

Seis de la mañana, minuto arriba, minuto abajo. A la búsqueda del novio del secuestrado llegué al Adagio. Y el portero me habló de aforo completo, una de esas extrañas expresiones que nunca entendí, como orden de apremio, a beneficio de inventario o valija diplomática. En la entrada había cinco maricones recién escapados de cualquier escaparate de rebajas caras, tal vez hasta *modelnas*, pero rebajas. Empezaron a mirarme y a reírse. Tres de ellos medirían lo que yo, pero otros dos, sin necesidad de calculadora, me sacaban medio metro de ancho por otro medio de largo.

Cuando el cachalote me dijo por segunda vez lo del aforo completo, uno se echó las uñas a la boca y soltó una risita de vieja. Levanté las cejas y le apunté con la barbilla.

—Nada, nada. —Decía nada.

Ahora se mofaban los cinco. El portero miraba al frente, como si la historia sucediese en el barrio de La Madrila, allá por Cáceres, las piernas abiertas y las manos inmersas en dos guantes marrones que parecían castillos boca abajo.

—Usted no será policía, ¿verdad? —me hablaba el de la risa de vieja.

—Se puede decir que sí.

Volvieron a desternillarse repitiendo se puede decir que sí, ju, ju, se puede decir que sí. Cinco menopáusicas histéricas, cinco futbolistas temblorosos formando barrera contra un libre directo, solo que las manos, en vez de llevarlas a la parte más vulnerable, las estrujaban entre el pecho y los tríceps para combatir el frío.

—¿Ya no se acuerda de la noche que pasó con Rafa? —otra vez hablaba el mismo.

—¿Qué Rafa?

—Vamos, vamos, no te hagas el tonto. —El más feo y más ancho me tuteaba—. Te rompió el culete y ya está, no te avergüences.

Rebobiné entre las carcajadas y la media sonrisa, ahora sí, del gorila. Una de las pocas veces que abandoné mi destierro horizontal, haría medio año, inmediatamente antes y después de algunos litros de whisky, caí de bruces en el Aleph, otro antro del ambiente. Sólo mantengo fresca la imagen del chaval aquel, rubio, alto y con botas. Por su cara parecía una rubia de labios carnosos, aunque no había lugar a equívocos, ni siquiera en la negrura del cuarto oscuro, como llaman a aquellas cuevas de sexo. Bajas allí con un mechero, alumbras las caras, te van palpando, y cuando coges a uno que te convence, te lo llevas. Bajé sólo por curiosidad y me pareció ver en una esquina a Marilyn Monroe, más abatida que nunca y blanca en lo negro.

—Le vimos salir del cuarto, jefe, iba monísssimo con el bigote alborotado.

—¿Y si hablamos de vuestra familia, qué? —propuse.

—No te pongas así, hombre —el feo—. Hasta te vamos a dar una sorpresita guapa, espera un rato que ya verás.

—Joven —me volví al portero—, quiero charlar con el dueño, conozco a Alfredo desde hace muchos años. Con que le diga usted que está el comisario aquí, basta.

44

—Mmmmme, me, me está calentando los cascos —advirtió.

Hasta entonces no me percaté de que era tartamudo. El caso es que, mientras me perdonaba la vida, bajaba la cadena de acceso para que pasaran tres parejas. El frío obligaba a levantar las suelas de zapatos como si la tierra quemase. Di cuatro taconazos en el suelo para desentumecer los pies y los maricones soltaron varios, olé, olé, el salero. Otra vez sonreía el gorila. Ni Copito de Nieve contratado de portero en Madrid le cerraría el paso a un madero con cara de madero.

El dueño me había revelado una noche que sus porteros los escogía en el ring. Gente capaz de encajar golpes, porque darlos los da cualquiera, y si no, me dijo, a la calle, y a responder ante el juez de las denuncias, que al cliente se le trata con respeto.

Para conseguir la merecida reverencia del gorila hacia mi persona sólo se precisaba conectar unos botones: los de su bragueta con mi rodilla. Una vez reclinada su respetuosa cabeza en mi muslo, casi no me quedó más remedio técnico que desplazarla mediante el soporte de su cazadora y estamparla en un todoterreno aparcado en la puerta. De su paso por la chapa lateral del vehículo quedó una mancha de sangre semejante a un huevo frito. Los maricones enmudecieron. Conseguí enviarle un latigazo con la izquierda, un mero anuncio de lo que iba a ser el derechazo del siglo, pero mi derecha llegó tarde a su cita. En aquel momento debió de olvidar la doctrina de su patrón, porque me engatilló un cabezazo en la nariz que me trasladó a otro sitio, no sé adónde. Según me contaron al rato, el tipo iba a rematarme con una derecha pulcra, desinteresada muestra de lo que yo no tuve opción de inculcarle, cuando lo paró una orden de Alfredo. Dicen que tardé diez minutos en recobrar el conocimiento. De regreso a la vida oí una voz conocida que decía de dónde sale este cabrón después de tanto tiempo, si lo llegas a matar me buscas una avería. De golpe vislumbré a Alfredo en su oficina despidiendo a la última novia, ofreciéndome agua y un Montecristo, del uno, claro. El Alfredo que yo conocí sabía *full contac*, no fumaba, no bebía, y se empeñaba en negar que esnifaba. Te chocaba la mano como si fuera a matar a un toro con estoque, sacándola desde el pecho, en actitud de vamos a hacer grandes planes, muchacho, ya verás como sí.

El boxeador vino a disculparse. Llevaba una venda en la cabeza demasiado aparatosa y la frase le lijaba la garganta cuando dijo señor comisario, no sabe cómo lo siento.

—Créame, ll ll lo que más me dolió fffue cuando vi mi coche mamán manchado de sangre. A los puñetazos está uno acostumbrado.

Su jefe lo echó con la mirada, pero le dio una palmadita en la espalda al cerrar la puerta, ya hablaremos Metralleta.

—¿Quieres que lo despida? —me preguntó.

Alfredo se cree el rey de la noche y tal vez, si la noche lo tuviera, sería un buen candidato.

—Di, Maqueijan, ¿quieres que le dé la patada?

—¿Qué te ha hecho?

—No me vaciles. Vienes una vez cada siglo y te agasajamos así.

—Sus razones tendría el muchacho.

—Si quiere entrenarse que se quede en el Metropolitano, pero que no venga a mi casa a pegar a mis amigos. —Todos los mercaderes de la noche llaman a los garitos su casa. Los imagina uno con el almuerzo y la siesta entre los vasos de cubatas medio vacíos—. Sé que te ha dolido el golpe y el gesto de la casa.

—El golpe más, Alfredo, el golpe más.

Su padre fue camarero de una tasca. Cuando terminó el bachiller se dedicó a vender bocadillos en los conciertos, con esos mimbres montó un local, después otro, y otro y otro. Llegaron las famosas a su cama, las revistas del corazón a su cara y las copas gratis con que todo rey que se precie ha de agasajar a su séquito.

Cinco minutos de qué es de tu vida, por dónde te metes y con quién vives ahora, bastaron para entrar en faena.

—Sí, hombre, sí, Bartolín Sanabrias, un tío con cantidad de libros en el coco, pero entiéndeme, no de esos pedantes que te sueltan citas que siempre son de Oscar Wilde, no. Viene casi todos los días, se sienta una media hora, a veces toma notas en una libretita, y se va.

—¿No es un poco metepatas?

—Hombre, aquí he tenido que pararle alguna vez los pies. Sí es verdad, sí. Un día se subió a la barra y se lió a botellazo limpio con la peña. Tuvimos que sujetarlo entre cuatro y sacarlo a la calle. Me dijo que no me lo perdonaría en la vida. Pero al día siguiente vino a pedirme disculpas con un talón de cinco millones en la mano.

—¿Se lo cogiste?

—Pues claro, no te jode.

—¿A su acompañante lo conoces?

—Hace un rato estuve hablando con él, que por lo visto está harto de sus viejos y quiere dar un portazo. La gente, cuando se pone de coca, habla unas tonterías que pa qué. Debe andar por ahí todavía. Ése es más crío, más tontín, ¿sabes?

De repente me apeteció salir de la oficina, quería ver al tontín. Cogió su botella de agua mineral y nos colocamos al borde de la pista, en una provincia de su imperio. Camareros de Coslada y Leganés, camareras, muchos ojos extasiados, cinco mil pesetas la pastilla de éxtasis, relaciones públicas de Pachá y del Palacio de Gaviria, y horteras de pantalones con parches, pero con parches horteras, que son los que infunden cariño. Aunque no se haya licenciado uno en vaquerología, sabe que la moda de los parches y los vaqueros rotos ya pasó y que existe una regla no escrita que delata a quien pretende imitar un estilo que nunca será el suyo, sea con flecos que nunca terminan de parecer descuidados, con dinero, o sin dinero.

—Este verano voy a pegar el pelotazo, Maqueijan, voy a montar una terraza dentro del Bernabéu, lo tengo apalabrado con el Ayuntamiento y con el club. —De pronto se queda callado, falta algo en la mano del otro, un ensanchador de sonrisas:

—Oye, tómate algo, coño. ¿Quieres un whiskito de los tuyos?

—No, gracias. —En ese preciso momento recuerdo que tirité y hasta sudaba por las ganas de beber. A Marcelo, acostumbrado a ver muchos casos similares en su negocio, no se le escapaba el dato.

—Venga hombre, ¿una cerveza, un zumo aunque sea?

Dudé un segundo. Pero se me vino encima la imagen de Fidel con lágrimas en los ojos después de llamarme inútil, borracho y cobarde.

—Negativo. No quiero nada, cuéntame eso de la terraza en el Bernabéu.

Alfredo siempre anda pegando pelotazos, no sé cómo se las arregla, bueno sí lo sé: pagando a concejales para que le proporcionen información privilegiada de los concursos, contratando detectives que le informen sobre los proyectos de sus competidores y durmiendo poco. De noche, supervisando a los camareros y porteros; de día, negociando con ediles y proveedores. Su teoría se basa en que la noche es de los maricones, y que los entendidos son los únicos que salen un martes o un miércoles dispuestos a gastarse cinco mil pesetas en una barra. Claro que también hay clases entre ellos, y por eso abrió el Pentax, para los del cuarto oscuro, y Montera 66, para los cultivados. En medio, locales ambiguos línea Taipey, para extranjeros, famosillas y pseudoartistas. Como son tipos tan depresivos, Maqueijan, no aguantan un segundo en casa, quieren salir, orearse, que dicen en mi pueblo, porque yo soy de pueblo, tú lo sabes. A mí este mundillo, pues oye, sí, es lo que me da de comer, y procuro llevarme bien con todo el mundo, no pierdo nada ni voy a ser menos hombre por saludarles con un beso en la cara, pero los domingos cojo el coche y me voy a Navalcarnero, a la casa de mis padres, charlo con los vecinos, cazo perdices y soy el tío más feliz del mundo. Me olvido de todo. Cuando habla así es que a su interlocutor lo considera más de pueblo que mister Marshall, quiere ganárselo por la veta solidaria y entonces trata de poner lo que él considera que debe ser la cara de una persona llana, sincera, entregada. Pero sólo logra parecerse al novio de cualquier culebrón.

—Mira —me indicó—, allí está el noviete de Bartolo, ven que te lo presento.

—No, déjalo, déjalo, he cambiado de idea. —Ni me apetecía ya, ni quería levantar demasiadas sospechas.

—Vamos, joder, te lo presento ahora mismo.

Te da con el codo en el brazo, y alarga la mano del agua mineral hacia el noviete, como diciendo, ya verás qué bien sale todo, hombre, damos unos pasitos, nos acercamos al tipo de marras, que a mí me importa tres cojones, te digo su nombre, a él el tuyo y todo perfecto. Los gestos de Alfredo llevan implícito ese optimismo de pasitos cortos y decisiones fáciles. Tuya mía, tuya mía, y gol; mío, por supuesto.

—Mejor céntrame ganado fino —le pedí.

—Anda por ahí una chavalilla que si te la trabajas bien puede darte resultado.

—Bueno, mira, no me presentes nada.

—Se ve que la pelea te ha sentado mal. De todas formas, éste no es el mejor sitio para encontrar buen material. Tú lo sabes.

—Oye, Alfredo, ¿qué sabes de las apuestas que organiza Bartolo?

—¿Apuestas?

Silencio por mi parte.

—Lo primero que oigo, Maqueijan.

Más silencio en mi boca, tanto que casi me asfixio y en la cara debió de notarme algo.

—Bueno, a decir verdad, algo he oído, pero sólo eso, que organizan apuestas.

—¿De qué tipo?

—No sé más. Ya sabes que en este mundillo de la noche no hay secretos.

—Cierto, no hay secretos —asentí.

—Bueno, pues ése lo han mantenido bien.

—Vaya, vaya.

—Sí, deben de ser muy pocos los que apuesten, porque si no, yo me acabaría enterando. Bueno, chico, que tengo cosas pendientes, pásate una noche por Taipey, ya verás como allí encontramos alguna becerra. Te veo después —desenfundó la mano estoque para despedirse—, voy a saludar a una gente. Insisto —cara de pésame, pero pésame de culebrón—, siento mucho lo ocurrido.

Emigró a otra provincia de su imperio.

Vinieron los maricones de antes. Se disculparon y me trajeron la sorpresa guapa de la que hablaron en la puerta casi en volandas y envuelta en cuero negro: nada más y nada menos que el Marilyn, su cazadora de flecos, pantalones ajustados y patillas rubias. Con botas.

—Bueno, ya estáis juntos otra vez —me anunció el feo, una mano en el hombro del Marilyn y la otra en el bíceps.

La escena se merecía frases más inteligentes o, al menos, miradas con más significado, pero la música entorpecía hasta los gestos. Se fueron los otros y Marilyn se sentó a mi vera.

—Soy Roberto, los amigos me llaman Robert.

—¿Fumas, Roberto? —Me da vergüenza llamar a la gente por su nombre. Procuro utilizar pronombres, artículos y muletillas tipo chaval o amigo, pero soltar el nombre propio al principio es la mejor forma de grabarlo en la memoria. Otra lección del Manco.

—Fumo pero no puros.

Me encendí el mío con una cerilla aplastada en la cremallera de su cazadora.

—Alucino con lo hortera que eres. —Lo dijo con la barbilla posada en medio de las palmas y los codos en las rodillas.

—Me indigna la gente que dice alucino.

—¿Y eso?

—No suelen merecer la expresión.

Bajó los ojos hacia su mano derecha como pidiéndole un gesto, una hora o una hostia.

—¿Crees que yo entiendo? —le pregunté.

—No entiendes, no. Estaba claro que era la primera vez que lo hacías.

—¿Viste que estaba borracho?

—Sí, pero me dio la impresión de que realmente querías. No pretendas chutarme cargo de conciencia.

—¿Piensas que me gustó?

—No.

—¿Por qué?

—Casi me curras antes de irte, creo que esperabas otra cosa.

—¿Te pedí que me dieras tú por el culo en vez de yo a ti?

—Sí, me lo pediste.

—¿Por qué te lo hiciste conmigo? No me parezco en nada a tus amigos.

—Por eso.

—Bueno, ¿a qué te dedicas?

—Premio a la pregunta original. Estudio arquitectura, vivo en Espronceda, frente a la agencia Efe, un piso de cuatrocientos metros cuadrados, mis padres me pagan lo que bebo y lo que como, veraneo en Alicante y estoy hasta los huevos de la gente que...

Lo último no lo entendí. La música tan alta y las caras ojerosas tan desencajadas me despistaban un poco de sus labios. Probablemente dijo que estaba harto de maderos o de la gente que siempre va disparando preguntas a bocajarro. Yo también empezaba a cansarme de niños guapos que se creen únicos porque no alardean de pluma. Se levantó, dio unos pasos en dirección a la pista, se paró y volvió hacia mí. En cuclillas apoyó los antebrazos en mis piernas y con la cara ladeada de Marilyn cuando le ponen un Winston en la boca, pero sin el Winston, me dijo:

—Por cierto..., en vez de preguntar tantas tonterías, podías interesarte por si me puse condón... en caso de que no te acuerdes, claro.

—No me acuerdo. ¿Te lo pusiste?

—Soy seropositivo.

—¿Y? —Aquel ¿y? más se parecía al de un caballo en su relincho, alzado de patas yyyyyjjjj de susto, que a una pregunta—. ¿Y? —repetí con impaciencia ante su regocijo.

—Me lo pongo siempre. —Siguió por un segundo en la

misma postura. Se me estaba enamorando en las rodillas. Pero mal momento, mal sitio y mala compañía había elegido.

De un respingo se fue con un meneo de pasitos enérgicos, como dándome bofetadas con el hopo. Salí, me refugié en el 131, metí *Las Cuatro Estaciones* en el Sony y puse rumbo las chabolas de la Celsa, el hipermercado de la coca. Era Vivaldi quien conducía, quien salvaba baches, abría semáforos y colocaba lo mejor del cielo en el parabrisas. Era Vivaldi quien construyó para mí montañas de nubes, castillos de nubes, emporios de nubes y el detalle de algún lobo acorralado por el rebaño de nubes. Los barrenderos me abrieron una educada parábola de agua. La escarcha que blanqueaba la chapa y los cristales del coche se deslizaba poco a poco hacia el suelo, como un pijama de rayas que se quitara el propio coche. Eran las siete y cuarto de la mañana. Y en la primera gasolinera abrí el ordenador.

*Te daré una pista, aquí entre tú y yo: la historia va de carreras en la nieve, motos que mucha gente no ha visto ni verá porque eso de la nieve es una entelequia en la que hay que creer, como tantas otras. Todavía no he terminado de comprender por qué si la tierra es redonda, ni tú ahí, ni tu amigo el preso de La Habana, o el subcomandante Parco, de la sierra Lacandona, os caéis con todo el equipo. Alguien tendría que resbalarse, ¿no? Y no me vengas con el cuento de la gravedad, que eso es una anestesia contra el pensamiento. Aquí hay truco, Maqueijan, medio mundo traga con las canciones en inglés sin saber inglés y no pasa nada. Bueno, pero no quiero distraerte, amigo: motos de nieve, apuestas, barrancos como escotes de rubias. Te sigo.*

EL LECTOR

## 4

Por la M-30 reparé en un todoterreno negro y viejo
que me perseguía desde algún tiempo. Reduje la velocidad
y optó por meterse en un carril lateral antes que adelantar-
me. Cuando llegué a la Celsa ya no me seguía nadie. Avan-
zaba lento y silencioso hacia el poblado.

El viento traía resquemores de tabla rota, quebrantos
de abuelo enfermo, remembranzas de otros siglos. Desde
dentro del coche, con la calefacción en marcha y Vivaldi
por lo bajini, añoré mi cama y las noches de tormenta en la
ventana. El viento se movía por todas partes con la prepo-
tencia del que sabe todos los secretos, como un borracho
hermoso y sin gracia que quisiera arramblar con las paredes de chapa y recrearse en las escenas de las mantas despe-
gando de las camas y los gitanos corriendo, asujeta eso, es-
cuende lo otro, estira de aquí, no fuera que con el ajetreo
desapareciese la mercancía. Volaban algunos cartones de
leche con los que construyen los tejados, se volcaron ba-
rreños de agua y tres sábanas tendidas en el descampado se
despedían de los cordeles como pañuelos en el tren, pero,
por lo demás, todo quedó en su sitio: las furgonetas y los
Mercedes pastando en la parte trasera de las chozas y los perros custodiando las puertas delanteras. Ellos fueron los

primeros en avisar de mi llegada, famélicos, puntiagudos, estirando el cuello hacia mi coche, pero sin mucha convicción, como diciendo, nosotros ya hemos alertado a los dueños, ahora como si se quieren acostar con el intruso.

De la mañana surgió un tipo con escopeta.

Me habría gustado que se presentara un ratito después, que me hubiera dado tiempo a meditar. La Celsa es uno de los pocos sitios donde uno se puede sentar en una piedra a esperar el alba con un puro en la boca, un lugar donde los buenos días cobran todo su sentido al darlos. Hasta el ronroneo de las ruedas en contacto con la tierra me parecía pertinente compaña de los violines en el invierno. El tipo lo interrumpió todo colocando su silueta en medio del carril y apuntando al coche con una recortada.

—Da la vuelta o te dejo pajarito —me advirtió.

Sería un pamplinas, un esclavo de la Juana, uno de sus quince o veinte yonquis payos, a lo mejor menos, a lo mejor más, uno de los muchos que trabajan para los gitanos a cambio de droga, construyen chozas que la Juana alquilaría a otros gitanos por veinticinco mil pesetas mensuales y una entrada de unas cien mil pesetas, en función de los metros, de la crisis, del humor o del estado de la madera. Por si fuera poco, los esclavos hacen la colada y hasta sirven la comida en casa de la Juana. Todo a cambio de una ración diaria de caballo. Conforme se acercaba, su nariz se interponía en el contorno de una nube como roja y blanca a la vez. Me apetecía un trago de aguardiente con agua clara, pero de un yonqui te puedes esperar cualquier cosa, hasta un tiro seco. Así que abrí la puerta y salí con las manos en alto. El frío me mordió en la rabadilla.

—Buenos días. —Era lo que realmente tenía ganas de decir—. Buenos días, amigo, veo que la Juana sigue generando empleo en la Celsa.

—Te juro por los hijos que nunca tendré que te vas inválido como sigas andando. —La de los ojos negros se estaba enamorando de mis muslos.

—Mira chaval...

A cien metros se oyó la voz de la Juana ordenándole que me dejara pasar. Vi la luna blanca a mi izquierda, el sol a la derecha, y un gallo cantó en ese momento.

—Sígueme —mandó el yonqui.

La tierra retrataba con leve quejido todos los pasos. Las palabras se instalaban en el aire como catedrales de vaho, ascendían humeantes por nuestras cabezas y se clavaban en el cielo del poblado como señales indias de paz que el viento iba borrando. Sígueme. No me molesté en quitar las llaves del coche. Nadie osaría tocarlo cuando la Juana abriera sus puertas.

A doscientos metros de la chabola esperaban unos cinco yonquis. Nunca faltó donde la Juana un gramito de heroína, ni a las tres, ni a las cuatro, ni a las cinco de la mañana, la botica en guardia. El tío Emilio se levantaba en tiempos a cualquier hora, competencia desleal hacia los otros gitanos, pero de indudable éxito.

El esclavo me dejó en la puerta y se marchó para recomponer los turnos de espera.

—Buenos días Juana, tío Emilio, buenos días. —Tenía aún los ojos legañosos, como si la Juana lo acabase de despertar—. Vengo en son de paz. Podían haber dejado el caballo durmiendo debajo de la cama, no era necesaria la escena de la recortada para ganar tiempo.

—¿El caballo?

—Sí, la heroína. No me hagáis esmerarme, que sólo quiero echar el rato.

Había prosperado mucho la Juana desde que dejé de visitarles. La mejor choza, sí señor. Con tele y vídeo, como todas, pero, a diferencia de las demás, con baldosas, estufa de butano, y de carbón también, cama de madera buena, plantas por dentro y por fuera, más dos teléfonos móviles que habrían escondido antes de que yo llegara y tres habitaciones perfectamente delimitadas por paredes de tablas. Se acabaron el viento y el frío. Sólo faltaba un circuito interno de televisión para controlar el poblado. Cuestión de tiempo. Rieron cuando señalé la cama y dije lo de la heroína, qué golpes tiene usted, es que siempre tiene una que mearse con las cosas del comisario. Se daban tortazos en los muslos como queriéndose reír con las manos, pero las arrugas de los ojos permanecieron rígidas.

—¿Un café, señor comisario? Asina, ¿con mucha leche?

Entregué la espalda al sofá de skay y esculpí un silencio amable. No es fácil fabricar esas cuevas de remanso. A veces todo depende de que te desabroches un botón, de que adoptes una postura ridícula en el asiento, de relamerse el bigote o de que no hables del calor ni del frío. El caso es que cuando logras callarte sin violentar a nadie, más que un buen policía, te sientes poeta.

—¿A que está bueno el café de la Juana? —El tío Emilio no sabe callarse. Tampoco sabe hablar. Se quedaba con la boca abierta y el pecho de estatua con lumbago —a que está bueno— hasta que le decías algo.

Se colaban alaridos de viento en la chabola con los primeros ruidos de la mañana. Arrancaban al cuarto intento las primeras furgonetas con rumbo a Mercamadrid. Algunos gitanos de la Celsa aún viven de las ciruelas y los melones, pero cuesta trabajo seguir así cuando el tío Emilio gana en un día lo que ellos en tres meses. El gitano se tocaba la campana de los pantalones negros con la punta de la vara. ¿A qué coño habrá venido el Zambo a casa?, pensaría, ¿cuánto va a tardar en darme el susto?, ¿cuántos clientes me van a quitar los Ramírez por culpa del gachó?

—Qué rico el café a esta hora, comisario. ¿Verdad?

El marido de la Juana era para toda la Celsa el Emilio a secas hasta hace sólo cinco años. No tenía ni hermanos, ni hijos, ni edad para ganarse el respeto de nadie. Cuando tiró la romana y se embarcó en el negocio de la droga, se hizo de dinero y de abogados, esclavos payos y juergas regulares. Así conquistó el honorable título de tío. De cara a la galería él llevaba los pantalones; de hecho, alguna vez lo demostró enfrentándose a los tres Montoya, pero en su casa y en el negocio manda la Juana.

—Quiero que me digan cuándo estuvo aquí por última vez este tipo.

El tío Emilio anduvo a buscar sus gafas en una caja de galletas rebosante de papeles agrupados con gomas. Tomó la foto y se puso blanco. La Juana se secó las manos en el mandil y la cogió después que el marido. Aclaró, con más aplomo, que el chico de la foto era uno de tantos clientes, que venía con un amigo de ojos grises y ya está. Que no se dejaba caer por allí desde hacía lo menos una semana. A veces se sienta ahí donde estaba yo y se pone a charlar con ellos de la vida, la política y la droga, porque a él le gusta escucharnos, decía la Juana, y se ve que es un muchacho que sabe escuchar los buenos consejos.

—¿Le pega bien a lo blanco?

—¿Qué blanco? —preguntó la Juana.

—La coca, Juana, no te hagas la tonta que ya lo eres.

—Ja, ja. —Otra vez riendo con las manos en los muslos, pero los ojos inmóviles—. A veces diez mil duros y otras veces mil. Vamos, eso por lo que cuentan por ahí, que en esta casa no se trabaja con veneno.

—Ya. ¿Qué más sabéis de él?

59

—Decía también que le gustaban los atardeceres, y alguna vez hasta se puso a jugar a la pelota con los niños del Grabiel. El fulano ése con el que viene, el de los sakais grises, parece menos entrometío, pero sabe más de lo que habla. A ese debía usted preguntarle, aunque ya le digo que es muy saborío. Éste de la foto, el Bartolo, gusta más en el trato, ¿verdad que sí, Emilio? Gusta más, de vez en cuando trae libros para los chinorris, y ya ve usted lo que son las cosas, comisario, los críos venden después los libros y caen en nuestras manos.

Me extendió el *Sexus* de Henry Miller después de quitarle el polvo con el mandil. En la primera página afloraba el pulso de una letra vertiginosa, casi honda de tanto echarse hacia alante: «A mi amigo Gabrielillo, el Grabiel, para que se dé cuenta de que la belleza de las palabrotas y la transgresión no es patrimonio de los pobres.» Al lado, el dibujo de una rosa gigante y una firma pequeña: «Bartolo.»

El hijo del Manco tendido en una cama de gitanos leyendo, jugando con una badila, filosofando a su manera y mirándoles tan de cerca... una estampa demasiado idílica.

—Juana, ¿no andará este chico organizando apuestas por aquí, no?

—¿Apuestas? ¿Qué apuestas?

—No sé, igual se trae a sus amigos para que arriesguen algo en las peleas de perros. Igual va a medias con ustedes.

—Qué antiguo, comisario, con las peleas —se quejaba el tío Emilio—. Hace lo menos cinco años que no se monta una pelea de perros. Vamos, que nosotros sepamos. Aquí sólo tenemos galgos, los burdó ésos sólo traen complicaciones.

—Como yo vea un bulldog por aquí me voy a mosquear con ustedes.

—No lo va a ver. —El tío Emilio.

—¿Y en la sierra no organiza apuestas?

—¿Bartolo? Cualquiera sabe —la Juana.

—Bueno, señores, estaba riquísimo el café, muy solo. Decidme adiós. —Unas veces les tuteaba y otras no. Sin embargo, las dos formas de tratarles eran tan rudas como respetuosas. Tal vez por eso, a uno le resulta difícil acordarse de esos alambres en la charla, porque se clavan y molestan, pero nunca hieren.

—¿No se toma otra tacita? Ponle otra, Juana.

—No, de verdad que no, déjenlo.

La Juana me sirvió otra y derramó sus ciento treinta kilos a mi lado. El sofá hizo lo que estuvo en su mano por clamar dolor.

—Ándese con ojo, comisario —me advirtió—, que a los niños de hoy no hay quien los baraje.

Munición pesada. ¿No iba buscando información, señor policía?, pues ahí la tenía, fresca, por la mañana. Desde el tetra brik arrugado que era la boca de la Juana brotó la mala frase, amarillenta, entrecortada y pastosa como la mala leche. Mencionó el nombre de mi hijo Fidel junto a la palabra hachís, al tiempo que retomaba el discurso maternal de la juventud de hoy, que hay que ver cómo está, para volver a la carga con Fidel. Me atenazaban la lengua los recuerdos de Benidorm cuando el niño vio el mar con cuatro años y se emocionó tanto que me hizo verlo de nuevo por vez primera, dos años después, cuando me separé de la madre, y el día en que se partió la pierna y lo llevé a la casa de socorro, con la tibia agujereándole la piel hacia afuera, abrazado y con los dientes clavados en mi pecho. No lloraba por no hacerme sufrir. O por no verme llorar.

—¿Compra coca? —pregunté.

El esclavo de antes entró en ese momento y le entregó un papel doblado al tío Emilio.

—Dile que si no puede esperar —ordenó el tío Emilio

al esclavo— que se vuelva a la granja. Es el Loterías —ahora me hablaba a mí— que se ha escapado otra vez del Patriarca, después de pagar un dineral. Llevaba dos años sin oler la heroína.

—¿Y le va a vender?

—Ni hablar del peluquín. Ya estuvo aquí el otro día y le dije que para él no había nada. Le he cortao el pienso. Si quiere, que se lo compre a otro.

—Bueno, ¿ha venido Fidel por coca alguna vez?

—Nunca —sentenció el tío Emilio—. Y ya hemos advertido a todos los gitanos que al hijo de nuestro amigo el policía no le vendan ni esto. —Mostró el filo negro y reseco de una uña gorda—. Es más, ahora mismo llamo a mi compadre a Los Focos por si se le ocurriese ir por allí.

Al salir, el sol se había llevado al borracho hermoso y sin gracia que maltrataba al poblado. El cielo se desnataba por los cuatro costados, parecía licuarse en las palanganas de espuma donde algunos enjuagaban las maquinillas de afeitar como si cocinaran un guiso de cúmulos, nimbos y estratos. En las puertas de algunas chabolas había cubos de latón con agua hirviendo donde los gitanillos se lavaban la cara vigilados por las madres y comprendidos por los perros en sus protestas contra el agua.

Justo en la puerta de la Juana me encontré al Loterías.

—¿Y tú qué, chaval, te cansaste de ser bueno?

—Me cansé de muchas cosas, Maqueijan, pero te puedo asegurar algo: hasta aquí nadie llega para ligar hachís. Si tu hijo ha venido, seguro que le han vendido coca, como a mí me van a vender heroína. —El Lote se sonrojó, se miró las zapatillas Kelme y, en un tono aún más bajo, añadió—: Tal vez no soy el más indicado para dar consejos, pero si de algo te sirve, te diré que no tienes que hacerte el culpable de lo que le pase a tu crío. Conoces mi historia, bueno, pues yo no sé por qué me metí en esta mierda, aún no lo sé. Pero si alguien tiene la culpa, ése soy yo y nadie más.

La historia del Loterías. Cada yonqui cree sufrir una experiencia única, pero se parecen todas demasiado. Si uno robó a los padres el collar más entrañable para venderlo en El Rastro por mil pesetas, el otro llegó a pegarles, y el otro a prostituir a su mujer, y el otro a intentar el suicidio tres veces, y el otro a recalar en veinte granjas. El Lote no. Sus padres lo descubrieron un día con una jeringuilla en el brazo y lo llevaron entre besos a un centro de desintoxicación. Tenía diecisiete años. Nunca hasta entonces le habían visto robar en ningún sitio, ni delinquir, ni corromper su vocabulario de hijo de albañil que estudia en el salón con la tele puesta y saca buenas notas. Continúa igual tras quince años de vicio. Nadie sabe de dónde saca el dinero, a nadie ha robado, a nadie ha engañado.

Y ahora pretendía alertarme el pobre sobre mi hijo.

—¿Has visto tú a Fidel por aquí?

—¿Tu hijo? Supongo que el chaveal no lleva un cartel en el pecho diciendo soy Fidelito, el chinorri del Maqueijan. Y a mí los gitanos no me dan el parte de sus clientes.

—Oye Lote, ¿Tienes una novia rica?

—¿Me vas a preguntar que de dónde saco el dinero? Pues mira, por si la palmo pronto, te lo voy decir: no lo sé, de verdad que no lo sé. Mis viejos no me dan ni un duro, no tengo ningún familiar millonario, seguro, y el amigo con más pasta que conozco es el hijo de un veterinario.

—¿Te cae del cielo entonces o lo recoges debajo de una piedra?

—Casi. Lo recibo, no te voy a decir dónde, ni de qué manera, pero cada cierto tiempo encuentro varios talegos en un sitio con un papel que pone «cuídate».

—¿Nunca te escriben nada más?

—Nunca. Y las veces que he intentado dejarlo no ha sido por mí, ni por ese papel, ni siquiera por mi madre que es lo que más quiero. Ha sido por demostrarme que esto se puede dejar. Ahora, si no te importa, voy a pillar.

—Espera un momento. ¿Conoces a un tal Bartolo Sanabrias?

—No.

—Mira la foto. Gasta un Nissan Patrol y suele venir con un amigo de ojos grises. ¿Te suena?

—Nones, Maqueijan, mis colegas no hacen esquí acuático ni son tan guapos. Y si lo son, saben disimularlo.


El Loterías. Dentro del coche aún me perseguían sus palabras mezcladas con las de mi hijo, las de mi ex, las nanas, duerme mi niño, duerme, con los ojillos cerrados como las liebres, los mofletes hinchados al apagar velas, los guantes de lana y la bufanda levantada por el viento indicando como una señal de tráfico la dirección al colegio, los cepillos de dientes, los dientes partidos en peleas, los consejos de los maestros, vigile al niño de cerca que es muy agresivo. La posibilidad de que estuviese enganchado a la heroína me hacía pensar de nuevo en mi cama, mi Alma, mis novelas y mi sueño, esa dulce pesadilla donde yo camino por la nieve y atisbo el resplandor de unos ojos verdes como los polos de menta, y me pongo a separar la nieve de la cara y nunca veo el rostro, siempre me despierto. Y para una vez que ya veía los labios, me llaman, me sacan de la concha y descubro a mi hijo hecho un yonqui, sin opción a retocarle las bufandas, los guantes de lana o las meriendas de Nocilla.

Se revuelve todo en la mente y no puedes evitarlo. La noche en que rompí con Irene, Fidel nos oía gritar y se encerró en el cuarto de baño. A ella se le escaparon muchos asesino, asesino, hijo de puta, yo me agarraba a la botella de ginebra y no sabía si estrellársela en el boquijo o seguir bebiendo. Borracho, ahí te quedas, no soporto verte ni un segundo más. Todo eso mientras organizaba su equipaje. Cuando colocó los bultos en la puerta se paró en seco, cayó en que se dejaba algo atrás y se precipitó hacia el cuarto de baño. Abre, abre, Fidel, por favor, cariño, abre a mamá, que te quiero decir una cosita. Hasta ese momento lo habíamos olvidado. No abría. Por favor, chiquitín, sé obediente, abre un segundo. Se movió el picaporte y asomó la cara recién secada en lágrimas. Le daba vergüenza que yo lo viese llorar, miraba al suelo y se limpiaba los ojos con un nudillo. Mira, cariño, le dijo Irene, voy a salir de viaje, pronto nos vamos a ver, tienes que portarte bien. Irene no ganaría un premio a la originalidad en un concurso televisado de despedidas. Y sin embargo, aquello emocionaba. Voy a salir de viaje, haz caso a papá. Con el peso de las maletas le brotó una joroba pequeña. La hubiese abrazado, pero aquello se salía del guión. En momentos así deberían producirse pausas, intermedios donde ella se quedara inmóvil en su expresión de asco, desprecio o ira, y el otro contendiente, en este caso yo, pudiese besarla, o colocarle una gorra del Atleti, reír, reír por un instante, y después quitársela, volver a mi lugar y seguir discutiendo, asesino, asesino. Soltó las maletas fuera de casa, agarró el picaporte para cerrar la puerta y me dijo:

—En el fondo, muy en el fondo —sentenció con sólo un puño en la casa—, me das pena. Tus noches serán terribles.

—Serán dulces —pensé y no le dije— como la hiel de tus labios. Y sabré exprimirlas —pensé también.

Desde entonces he imaginado que en el picaporte moría su puño y nacía una mano, entraba de nuevo en casa y:

—No puedo abandonar a un hombre que se lame con frases como ésas.

Durante muchas películas y muchos libros imaginé también que ella confesaba:

—Te quiero demasiado para vivir sin ti, sería mucho peor que cortarme un pecho.

Pero se fue. Y sólo quedaron mensajes formales a través de terceros, el niño irá a este colegio, tal día lo coges tú, tal día me lo entregas. ¿Dónde iba a derramar ahora toda la soledad de sus besos? Entonces no pude imaginar hasta qué punto yo iba a engordar sus virtudes con mis olvidos y cómo mi boca se iría convirtiendo en un cenicero humeante de pequeños besos con carmín, abastecido por cientos de fulanas y limpiado de vez en cuando por la Científica.

Aquella noche empleé todas mis fuerzas en perder las fuerzas. Abrí otra botella, esta vez de champaña, mandé al niño a la cama y seguí bebiendo varado en el sillón. Llegaban sus hipidos como escupitajos a mis orejas. Estuve a punto de levantarlo por las patillas para que callara. De hecho, corrí hacia el borde de la cama, encendí la luz, pero cuando vi la expresión de miedo con que se hundía en la almohada, me desplomé a su vera, sentado en el suelo, apoyando la espalda en el borde de la cama. A oscuras, y con la lengua acartonada, le conté cómo íbamos a celebrar su cumpleaños, de qué forma íbamos a colocar las nueve velas en una tarta de nueve pisos. ¿Y a Quinito? ¿Y a mi amigo Tomás, también les puedo decir que vengan? ¿No van a ser demasiados? ¿Y de verdad me vas a comprar una bici de carrera? Claro, hombre, claro. Me quedé sentado en el suelo, con su bracillo en mi cuello y el soplo lento de su sueño en mi pelo. Por la mañana, ni él ni yo hablamos durante el desayuno. Su madre se había marchado con tres maletas. Ya está. No resulta fácil que tu hijo se convierta en un amigo, pero yo creo que lo conseguí, a pesar de que la madre se lo llevó pronto con ella, o quizá por eso. Un tipo como Fidel, capaz de echarme un capote aquella noche, fingiendo la ilusión que nunca tuvo por una bicicleta, hablándome sin parar de sus amiguitos y sin embargo, no preguntando ni por un momento si para entonces mamá habría regresado del viaje, no podía cagarla ahora encenagándose en un torbellino de jeringas, no podía terminar en una cola junto al Loterías esperando que la Juana le diera su turno. He visto a demasiados padres rezar por la muerte de su hijo yonqui, rogar que lo internen en cualquier cárcel porque les pega y les roba, suplicar que se lo lleven adonde sea, demasiadas derrotas como para creer en amnistías. Si me hubiesen dicho que Fidel había muerto en un accidente no me habría afectado tanto como la noticia de la Juana. De momento pensé seguir con el secuestro, probar entre los alumnos de Icade a ver si encontraba al novio de Bartolo, y cuando me tranquilizase un poco, hablar seriamente con él. Pero antes de todo, el correo electrónico, y en el fondo del buzón, la carta del Lector:

*La semana pasada, entre los tiros de una película del Oeste como ésas que tanto te gustan, sufrí un ataque de inspiración y conseguí arrancarme este poema:*

> *Cuántos crímenes le quité de la cabeza*
> *cuántos besos ensombrecí, y de qué manera.*
> *De qué manera le conquisté los horizontes*
> *a ritmo de toqueteo animal.*
> *Hasta qué punto supe recoger el agua de los ríos*
> *hecha fuente*
> *y después, catarata pormenorizada,*

*escanciar las horas de un rostro tan asolado.*
*Por qué lluvias decidí ablandarme*
*doblegar mi halo a su mueca,*
*de qué polvos fui coronándolo,*
*cuántas estrellas seleccioné y cuántas apagué,*
*cómo diseñé su boca a lo imprescindible*
*ante cuántas muertes supe pegarme a su pecho,*
*tantos vientos torneados en mi seno*
*de cuántos rizos os privé,*
*y cuánta calva condono*
*ahora y yo,*
*sombrero negro de a-mí-qué,*
*blando casco del malo.*

Quiero imaginarte ahí por la Celsa con aires más cálidos y un manantial, el caballo a un lado y tú recogiendo el agua con el seno del sombrero en su reverso, y derramándola en la cabeza, catarata pormenorizada que refrescara tus instintos.

Ahora te preguntarás de nuevo quién es el Lector, cómo sé que has pasado por Joy y que has pisado el Adagio y la Celsa. Lo tienes difícil, Maqueijan, muy difícil. Así que te daré otra pista: Si quieres saber quién es el líder de una reunión, sólo espera a que alguien cuente un chiste malo. Aquél, que ni siquiera fuerza una risa, aquél que sólo mira y mira, ése es. El Lector suele mirar, no entra en el juego, y el chiste, te lo aseguro, es de muy mal gusto. Pensarás que el único que sabe cada paso que has dado desde que te llamaron a casa hace unas horas es el Manco. Pero convendrás en que un hombre no esconde ningún motivo para convertir a su hijo en otro manco, ¿no?

EL LECTOR

No me obcequé con el sentido del poema, no quise arrancar datos de su ritmo y su sentido, porque intuí que no los había. Se trataba de literatura en estado puro, algo digno de reservarle atención expresa en mejores momentos. Sin embargo, la técnica del escuchador de chiste que ni siquiera fuerza una risa, me obligó a reflexionar mucho más. Pero lo más preocupante, lo más tenebroso de todo, era que el Lector o sus compinches conocían hasta mis gustos más íntimos. Y eso es lo que querría sugerirme con el poema. El problema radicaba en que las pistas que me ofrecía sólo cumplían dos requisitos: pecaban de verdaderas y cada vez me ponían el caso más difícil.

# 5

Miré por última vez hacia el poblado. Sentí que dejaba atrás las jeringuillas infectas, las navajas de cortar el bacalao y los dientes con sarro, pero también volvía la espalda al exquisito, impagable perfume de los jabones baratos que la mañana paseaba de cara en cara, de mano en mano, en una orgía pulcra de gestos contenidos. Sentí que abandonaba el perfume, negro fuego, de la tierra salpicada con café de cazo y el olor alargado en el tiempo de las flores en el pelo de las muchachas.

Almacené los versos del lector y arranqué el coche, por la M-30 hasta la Ciudad Universitaria. De nuevo me perseguía un todoterreno desvencijado. No se parecía al que llevaba Adriano Gutiérrez cuando salió de Joy con su trozo de novia. Aquél era rojo, costaría diez millones de pesetas, éste negro, como el de Bartolo, y viejo, como dijo el Manco que era el de su hijo. Quise hundir el acelerador entre los faros, pero topé con el atasco de las ocho. En la calle de la Princesa perdí de vista a mi espía, supongo que inmerso también en otro atasco.

Reconocí a un colega del servicio de Documentación. Estuve a punto de bajar el elevalunas de la puerta para saludarle. Qué palabro, ahora que lo pienso, ese de elevalunas eléctrico. Una buena luna no la eleva ni Dios. Me dio pereza. Después de los tópicos igual que siempre, mamón, a ver si comemos un día de estos, nos quedaríamos un rato mirándonos y bizqueando hacia el semáforo. ¿Con cuánta gente podría charlar en un semáforo sin mirar al semáforo? Hace falta demasiada vida, no años, sino mucha vida para conseguirlo, horas de sol. Cuando bebía, charlaba con los inquilinos de cualquier coche como si ya mediara todo un tremedal de anécdotas, confesiones y traiciones. Algunos me echaban cuenta, bajaban los cristales y me regalaban en cuatro palabras auténticos ensayos del tipo *el amor se inventó para decir algo después de follar*. Algunas se despedían con la brisa de un beso que remontaba el aeropuerto de la mano y yo me estiraba voluptuoso en el sillón como si condujera desde una hamaca.

Al llegar a las aulas del Icade me embriagó el olor a champú vainilla de las chavalas, los relojes del ejército suizo en ellos, las cazadoras recónditas que nunca se encuentran en la vulgaridad de El Corte Inglés, las pulseras, ese esconder las tragedias entre los senos y las carpetas con barbillas de Hugo Boss. Seguro que alguna fue violada en un curso veraniego de inglés, que a alguno se le moría el hermano pequeño de cáncer, que la mayoría de esos estudiantes adinerados andaba preocupada por algo más grave que la posibilidad de suspender en Derecho Mercantil. Pero disponen de tantos recursos de simulación que uno tarda un tiempo en descubrir la farsa. A veces es tan gruesa la capa de maquillaje que no merece la pena atravesarla.

Pregunté por el decano y al momento apareció un viejo de treintaipocos años que se excusaba detrás de una mesa por no poderme ayudar. Se matriculan muchos chavales morenos con la raya al lado y los ojos como grises, guapos, elegantes, trasnochadores, algo amanerados si usted quiere, y él, desde su humilde sillón de docente, amarrado a la nómina y a las partidas de mus con algún chiste verde como máxima procacidad, pues no podía servirme de gran ayuda, mire usted, agente, de verdad que lo sentía. Llamaron a la puerta, dijo adelante, adelante, y apareció un personaje moreno de ojos grises y cazadora a juego que se plantó en medio del despacho.

—Creo que me busca.

Me había visto entrar horas antes en el Adagio y quería hablar. En un bar de Princesa sus ojos se hicieron con toda la luz y fue imposible mirar hacia otro lado. Confesaba que desde hacía seis meses salía con Bartolo, que nunca conoció a nadie tan despreocupado por el dinero y tan obsesionado con la poesía.

—Abreviemos. Usted me cuenta por qué busca a Bartolo y yo lo que quiera, pero usted primero.

—Chhhhhh chhhhh.

—Vale, vale, okey, no ponga esa cara, sé que no va a hablar mientras no lo haga yo, de acuerdo. Disculpe, pero es que me gustan los diálogos de película, je, je, hacerme el duro, vaya. Bueno, al grano: yo era un mierda hasta que conocí a Bartolo. Él me enseñó a escuchar al Gran Julay, me llevó a rincones insospechados y me engañó con una niñata. O sea, que ahora soy un mierda con cuernos.

—Los rincones insospechados, háblame de los rincones.

—Lo más simple que imaginarse pueda, de verdad, no se haga ilusiones. Me decía: «vamos a vivir una experiencia única». Cogía su coche...

—¿Un tanque, no?

—Sí, bueno, un Nissan negro. Lo cogía y me llevaba a una esquina de Moratalaz o a un callejón de Vallecas por donde apenas pasaba nadie y nos sentábamos en el suelo frente a un rincón, simplemente a mirar. Horas y horas observando cada centímetro de cal, de tierra, o de ladrillo, y hablando. A veces caía un porro, pero tampoco nos hacía falta. Dialogábamos sin parar y de pronto nos callábamos y mirábamos —cuando decía *mirábamos,* el de los ojos grises, miraba fuera, en plan observa-qué-regalo-te-hago, como tanta gente de ojos bonitos y mirada horrenda—. A usted le parecerá una tontería, pero si prueba apreciará la sensación de libertad que entra por el cuerpo. Un rincón, la unión de dos paredes que te protegen del frío. Bueno, ya si escuchas ulular el viento, entonces es que es la releche, te crees en el útero de la ciudad.

—¿Y te dejó por una chica?

—Dígame un cosa: ¿Usted es Maqueijan, verdad? Bartolo cuenta que el padre sólo había tenido un amigo en la vida y que ésc era usted. Mire, alguien dijo que los amigos realmente sólo existen en la adolescencia, que es cuando uno se confía a los demás y espera recibir ayuda. Y yo creo que conforme envejecemos, los amigos se vuelven más amistades y menos amigos. En fin, me extraña mucho que usted ande preguntando por Bartolo, porque sé que hace tela de años que no se habla con el padre. El padre y el hijo tienen mucha confianza, pero el lisiado ése nunca le ha contado lo que pasó entre ustedes. Ahora discúlpeme, Maqueijan, otro día le hablo de la chica, tengo que ir a clase ya.

Recogió los libros del mostrador y me rogó que le contara por qué buscaba a su amigo. Caminábamos al mismo paso.

—Si eres inteligente —le propuse— sacarás tus conclusiones con las preguntas que te hago. Y cuantas más preguntas respondas, más te haré: ¿Hacéis excursiones?

—Si espera que con esas preguntas me entere de la película, le voy a defradudar.

—Ahora, por ejemplo, con las nevadas que están cayendo, ¿nunca habéis subido a hacer deporte?

Calló durante un segundo inmenso y al cabo de aquella era respondió:

—No pienso hablar mientras usted no me cuente qué es lo que pasa. Conozco mis derechos.

—Y yo mi derecha. ¿Qué apuestas organiza Bartolo?

—Ninguna.

—¿Conoces a Adriano Gutiérrez, verdad? Sale en los periódicos cada vez que aparece un caso de corrupción. Se querella contra todo el mundo con tal de atraer las cámaras ¿Qué tal le ha ido a ése en los juegos de Bartolo?

—No estoy para usted.

Cruzamos en silencio Alberto Aguilera hasta entrar de nuevo en Icade. El decano salió a la puerta con la frente sangrienta y las gafas esquiando hacia la punta de la nariz. Se secaba con un pañuelo.

—Alguien ha lanzado por la ventana un paquete para usted. Me ha dado en plena frente. —No hacía falta que se esforzara en explicarlo—. Suba a mi despacho, por favor.

Le pedí al de los ojos grises que me acompañara si quería sentir emociones nuevas. Cuando abrí la bolsa se llevaron la mano a la boca para ahogar un grito o, tal vez, un delicado conato de vómito. En el exterior se leía: «A la atención del inspector Rejano.» Y desde dentro de la caja cayó al suelo un dedo meñique con un anillo de oro, el tercer dedo en cinco horas, lleno de cuajarones de sangre y un papel escrito a mano: «Ahora se va pareciendo al padre.»

El de los ojos grises reconoció el dedo y el anillo de su novio.

—¿Vas a hablar ahora de las apuestas?

—No sé nada, de verdad que no sé nada.

—¿Quién es ese tío del que hablabas al que Bartolo visita de vez en cuando? —le recordé.

—El Gran Julay. Un cantautor de metro, dificilísimo de localizar. Cada día canta en una estación distinta. Un tipo muy raro.

—Te quiero dentro de una hora en la puerta de la estación de Alonso Martínez —le ordené.

Salí del Icade y puse rumbo a la Brigada Judicial de Madrid, la *Pringue* de toda la vida. Había que comprobar con la Científica si los dedos pertenecían a Bartolo.

Llamé al Manco. Le conté lo que pasaba y me pidió por favor que actuara con discreción. Tres dedos cortados. Le quedaban dos al niño para seguir los pasos del padre.

—Has debido hablar con demasiada gente —me recriminó el Manco.

—Me temo que sólo he hablado con quienes el secuestrador quería que hablase.

—¿Crees que te han seguido durante este tiempo?

—Estoy seguro. A quienquiera que sea sólo le ha faltado leer los pensamientos que tendré dentro de dos horas, porque los que tengo ahora ya los sabe.

—Quiero pagar, tenlo claro, quiero pagar y que lo suelten cuanto antes. Comunícaselo por tu ordenador.

—Antes reúneme a todas tus putas en el chalé.

—Quiero pagar.

—Pagarás, pero hazme caso. Todas: las de cien mil pesetas la hora y las de mil también. ¿Cuántas tienes?

—Yo qué sé, unas doscientas. Muchas ni me conocen, ni sospechan que trabajan para un tío con chalé y piscina. Casi imposible localizar a muchas de ellas, en caso de que quieran venir, claro. La mayoría estará ahora roncando a la pata ancha en sus camas.

—Pues las sacáis de donde sea. Quiero el mayor número posible de lumiascas a las doce en punto en tu castillo.

—¿Para qué, Augusto, para qué?

—Para buscarle novia a mi portero, no te jode... Por cierto, dame ahora mismo el número de DNI de tu hijo.

Con el número y los tres dedos en el bolsillo fui a ver a la Científica. Pero antes, recogí la carta:

*¡Cómo me hubiese gustado verte con el dedo en Icade dudando de si sería el de Bartolo o no! Más pistas: no soy yo quien te sigue, jamás he conducido un jeep, mucho menos negro.*

EL LECTOR

## 6

A la altura de Cibeles el Manco irrumpió de nuevo en el móvil:

—Oye, olvídate, no voy a montar el numerito de las putas, paso, no quiero que se carguen a mi hijo.

—Raúl —la primera vez que le llamaba Raúl en mucho tiempo—, me debes una grande.

—No admito chantajes. Y en cualquier caso no pienso pagar nada con la vida de mi hijo. En cuanto a ti, acabo de contarle maravillas al Jefe Superior, tu trabajo ha concluido.

—A tu hijo no le pasará nada, confía en mí. No apareceré en escena en ningún momento, ni tú tampoco.

—Las putas están bien pagadas, ninguna se atrevería a semejante cosa; olvídalo por favor.

—Te acaban de llamar ahora, pidiéndote una cantidad mucho más asequible, ¿verdad?

—No voy a hablar por teléfono —zanjó.

—Las quiero a las doce en punto —le ordené—. Corto y cierro.

No sé si lo que me llevaba a continuar en el caso era salvar al chaval, evitar el pago, o simplemente mi vanidad y el pulso con el Lector. Tal vez todo ello. Corto y cierro.

Me había salido involuntariamente la frase que tanto repetíamos por la emisora cuando trabajábamos en Atracos.

Por el espejo del retrovisor se apreciaba la musculatura de los buenos días de invierno, la firmeza de los andares en cuanto sale un poco de sol, la intrepidez de los mensajeros, ajenos al viento, la condescendencia paternal de los policías municipales y la silueta negra de un todoterreno que me seguía una vez más al fondo de los buenos días. Bajé del coche y fui corriendo hacia mi perseguidor pero de un volantazo seco cambió de sentido, abrió un abanico de pitidos, tacos y frenazos, un arco de impotencia y estrés, sin que ni yo ni el policía alcanzásemos a ver su matrícula.

Al entrar en el departamento de la Científica me escandiló la llamarada de su melena rubia por encima de una silla color tierra. Napoleón, Hitler y Toro Sentado jugando al tute en su despacho no la hubiesen sorprendido tanto como yo.

—¡Olé los hombres guapos con traje y zapatos! —exclamó.

—Aquí está el tío —me presenté.

—¿Vienes a pedirme en matrimonio?


La Científica era lo que me quedaba de Irene, la mujer más parecida que encontré cuando me quedé solo y decidí enterrarme en la cama, aquélla a la que fui engalanando en mi deseo con gestos, salidas y cabreos muy parecidos a los de Irene. Arisca y suave, perezosa y valiente, coronada por el mismo olor a champú de melocotón que desplazaba Irene en cada paso. Pero había una frase que a Irene no se le iba de la boca y que la Científica jamás sabría pronunciar: ¿Te imaginas que...? La capacidad para sacar una carcajada absurda de cualquier situación, ¿Te imaginas que ahora nos vamos bailando de este bar? ¿Te imaginas que...?

Le pedí que me analizara los dedos por ver si correspondían con el que aparece en el DNI de Bartolo Sanabrias. La Científica había llorado esa noche. Depositó los tres dedos en un cajón cerrado con llave y me pidió que la invitase a desayunar en Akumal. Después, la misma canción de los últimos meses: que su marido se olía lo nuestro, que llevaba un tiempo merodeando mi casa con una máquina de fotos para recabar pruebas y presentárselas al juez, que se moría de ganas por despertar con mi codo en su sonrisa.

No sé qué vio la Científica en mí, la verdad, ni por qué se empecinaba en seguir conmigo. Un día, medio borracho, le dije que para muchas parejas, el primer cuesco compartido es como el primer beso, todo nace a partir de ese momento en que se aceptan las fragilidades del otro. Me dijo que ojalá yo no fuera demasiado frágil, nos sonreímos, comencé a mirarle los labios en el mismo momento en que uno llena los calcetines de adrenalina y no sabe con qué pretexto salvar los cien milímetros de precipicio entre dos bocas, le pedí que cerrara los ojos, que contara mentalmente veinte segundos sin pensar en otra cosa y durante ese tiempo, hiciese yo lo que hiciese, no se moviera. Se juega uno mucho en un beso laboral, el escándalo, el orgullo, el despido, el de-qué-vas. Cerró los ojos y se llevó la mirada a los labios. Yo le acaricié con los míos la mejilla, el cuello, la oreja y el borde, sólo el borde de su boca. Le pedí una prórroga de otros veinte segundos en los que tampoco llegué a besarla, y después otros veinte en los que perdimos la cuenta, el miedo y la vergüenza.

Cuando pude manosear aquel cuerpo ya conocía yo demasiadas formas de eludir los te quiero, muchas maneras de ofrecer lo justo para que nadie reclamase más. Pero la pasión termina por pedirlo todo. Al principio era inevitable pensar con regocijo en el jefe superior, en mi jefe, en el suyo, en el marido, entonces comisario de San Blas, y en todos los colegas que se darían cabezazos en las paredes si supieran de los guiños entre expedientes, de la colonia regalada por mí que perfumaba toda la *Pringue*, de las mañanas y de las noches. Después, lo de siempre.

—Si me separo, ¿te casarías conmigo? —Apoyó un codo en el mostrador de la cafetería, sobre la memoria perfecta de un vaso.

Intenté cargar mis ojos de frases evasivas.

—Di, ¿te casarías?

La pregunta halaga, hombre, halaga. Como cuando vas a un futurólgo de esos que pretenden sacarte información sin que te des cuenta y te dice, como quien vislumbra el último resquicio de tu personalidad: «Eres muy sensible, ¿verdad?» Hasta el mayor criminal alegaría que le encantan las películas de amor o los atardeceres de lago y barcas. Por cambiar de asunto le recordé que lo de los dedos corría prisa, que me llamara enseguida. Hasta le conté la historia del secuestro, pero volvió a la carga.

—¿Dejarías que te hiciera el café caliente por las mañanas? —insistió.

—No me gusta el café caliente por las mañanas.

—¿Cómo te gusta?

—Muy solo.

Para hacerme ver que no estaba tan desesperada se interesó por lo del Manco.

—¿Por qué no me cuentas de una vez qué pasó entre vosotros?

—Nada que no tuviese que pasar.

Lo primero que hice cuando me soltaron de la mili fue refugiarme en una cafetería de Princesa. Para enjuagar ideas. En casa me esperaban unos cajones rebosantes de fotos con bordes triangulares, un frigorífico con pegatinas y un olor a cerrado que ya venía atacándome desde el cuartel. Podía dedicarme al atletismo haciendo de liebre para la policía, al sexo como repartidor de butano o a la mendicidad como estudiante de algo. Las tres posibilidades me apasionaban por igual, pero me propuse no salir de la cafetería sin haberlo decidido. A la segunda cerveza recaí en una rubia que se miraba los labios en el espejo de la pared. Todo el local respiraba al ritmo de aquella boca. Me senté a su lado y le dije que jamás había visto una hembra tan así, no me salió ningún adjetivo, pero se me entendía. Pedí una cerveza, me la bebí en medio minuto, pedí otra, resbaló por mi garganta como por un lavabo, pedí una más. Ella continuaba hipnotizándose con sus ojos azules.

—¿No te importa que me siente aquí contigo? —le pregunté—. Es que estoy seguro de que nunca veré nada parecido.

—¿Estás seguro? —Clavó un cigarro entre los labios sin dejar de mirarse. Hasta ese momento yo sólo era una voz a su derecha.

—Tan seguro de eso como de que estás casada y a punto de divorciarte. —Ya era una frase a su derecha.

—¿Ah, sí? —Condescendió a mirarme, deliciosamente bizca—. ¿A punto de divorciarme?

—Tienes toda la pinta. Al filo de los cuarenta, linda hasta humillar, con algún hijo y un marido de esos que vienen ya de fábrica con la radio incorporada en la oreja para escuchar el carrusel deportivo.

—¿Y qué más?

—Mucho más, pero no aquí. Déjame invitarte delante de otro espejo.

—¿Con ese rape de militar y con dinero para invitar a señoras casadas?

—Tampoco te voy a llevar al Ritz, como comprenderás.

—¿Y si nos vamos a casa? —propuso.

—¿Qué casa?

—La mía, chiquitín, que en la tuya se podría encelar papá.

—¿Ahora?

—Soy Irene. —Me marcó para siempre con un chasquido rosa en la mejilla.

Irene trabajaba de abogada penalista y vivía en una casa como yo no había visto otra. Libros hasta el techo, bañera redonda, un ordenador de cuando creíamos que todos los ordenadores eran cosa de marcianos, una tele en color y unos vasos para servir whisky que pesaban medio kilo las pocas veces en que los sostuve vacíos.

—¿Dónde estabas cuando estabas frente al espejo? —pregunté nada más entrar en el piso.

—Por aquí. —Colocó delante de mí como diez álbumes de fotos y una caja de madera—. Las fotos puedes ojearlas mientras me remojo; las cartas de la caja, aún no.

Deambulé por toda su vida en una hora. De pequeña aparecía abrazada a un crío mayor que debía ser el hermano. La niña guapa de barrio que prospera, estudia y se liga unos tipos rubios, altos y sonrientes. Con ese cuerpo, lo bonito hubiera sido verla adorar a un mierdecilla. Abrí la caja de las cartas y ojeé algunas. Bastaba leer los comienzos y finales de unas cuantas para darse cuenta de que nada de lo que yo le contara la iba a sorprender. Ni estaba a punto de divorciarse ni lo había estado nunca.

—¡Te dije que no te metieras en las cartas —gritaba desde el otro extremo de la casa—, y las estoy oyendo desde aquí! Ven, anda, ven.

El agua de la bañera, a ras del suelo, se esparcía por el mármol blanco y se colaba con un ruido travieso por las rejillas que bordeaban las paredes, como si hubiese cometido un flagrante pecadillo, como si se hubiese propasado en sus funciones higiénicas. Irene salió envuelta en brillantes de agua, miles de perlas que encendían la primitiva noche de mis ojos. Se secaba el pelo a medida que iba quedándose cada segundo desnuda de tanto dije remolón.

—¿Te importaría hacerme un hijo? —Parte de su melena lamía el agujero del lavabo mientras el secador temblaba lo mismo que una pistola en las sienes de un suicida.

El chirrido del aparato me hizo dudar sobre el sentido de sus palabras.

—Repito: ¿te importaría hacerme un hijo?

—Y veinte si quieres. —Muchas frases se pronuncian pensando en rociarlas más tarde con el humo esquinado de un cigarro y la sonrisa del público amigo. Ésa no era una de ellas, yo estaba dispuesto a todo por aquel cuerpo.

Hasta el momento Irene había vivido fiel al guión que ella misma se trazó. Folló lo que quiso, creyó enamorarse casi siempre de quien quiso y sólo desde hacía unos meses recayó en que algo le faltaba. En eso meditaba frente al espejo. Casi todos los amores bien nacieron y bien murieron, decía. Lo único que ansiaba ahora era sentirse madre. Yo me tendría que desentender de la criatura en cuanto asomase por la barriga.

—¿Fumas rubio? —El brazo recto con el paquete hacia mi cara.

—Ni rubio, ni moreno —ni por supuesto puros en aquella época—, me da asco el tabaco, vomito si lo intento.

—Pues muchos besos míos te van a dar asco.

Cargó el peso de una calada en la boca y me besó. Con una mano me adormecía la nuca y con la otra me despertaba la mejilla. Pero eso lo fui averiguando después, porque durante aquellos besos sólo me preocupé de fingir que estaba vivo.

—¿Te va gustando ya más? ¡Hey!, niño, contesta. —Tortitas en la cara—. ¿Te va gustando el humo?

Me gustaba todo lo que saliera de esos labios. Cada beso sabía a despedida, cada uno era como el último y el primero, la soledad se le derramaba por ahí.

Por las noches oficiábamos el ritual. Irene leía en voz alta algún poema de san Juan de la Cruz, nos acostábamos en una cama kilométrica y por la mañana, al sonar el despertador, se levantaba desnuda en busca de Vivaldi. Trataba de hacer el amor sin encapricharse conmigo y yo intentaba enamorarme en el sudor. Había gestos suyos, expresiones, tics, amigos, muchas trivialidades insalvables que no me gustaban. Pero todos aquellos libros tan interesantes, tan ajenos hasta entonces a mí, y sobre todo, sus novios, aquellas cartas de ellos, aquellas frases tan tópicas como verdaderas, me enamoraron. Su hermano Luis también contribuyó a hacerlo todo mucho más natural. Lo mismo que ella congenió con el mundo, por la literatura, las artes y todo eso, Luis se adaptó al Manco, a Dolores, la mujer del Manco, a Carlos y a mí, como si nos hubiéramos conocido de pequeños. Aparte de sumar veinte nocheviejas más que yo y disponer de un carné que lo facultaba como agente de la propiedad inmobiliaria, Luis sabía todo lo que en una vida se puede llegar a conocer sobre juegos de cartas, impagos y chantajes. Era un golfo ilustrado y el Manco y yo los mejores aprendices.

Un día me quedé solo en casa. Sonó el teléfono y se escuchó la voz de un un antiguo novio. Me habló con tanta pasión de Irene, me repitió tantas veces y con tanta pena que yo era el hombre más afortunado del mundo, que acabé creyéndomelo. Luis, el Manco y Carlos me trataban también como si fuera el más afortunado. Luis quería que me quedara a vivir en casa de la hermana. El hombre organizaba fiestas, compraba entradas para ir al Campo del Gas y, sobre todo, se las amañaba para quitarnos a mí y a mis amigos cualquier tipo de complejo. Se burlaba de san Juan de la Cruz, de Albinoni y de los trajes y corbatas que vestía él mismo. Ninguno de vosotros es más cabrón que yo, nos retaba mientras soltaba cataratas de naipes en el aire. A veces alguien te abre los brazos y le miras las manos en busca del puñal. A Luis le caí bien desde el principio, pasara lo que pasara después.

Él nos animó para que oposítáramos al Cuerpo Nacional de Policía, él nos compró los libros de la Academia y él nos propuso el primer trabajo con el uniforme recién estrenado. A determinada hora en determinado lugar tendríamos que mirar para otro sitio. Los negocios se arreglaban siempre lejos de las pestañas de Irene. Para ella, el hermano sólo era un travieso inmaduro. Para nosotros, un filón.

Fidel nació a los nueve meses justos de conocer yo a Irene.

Viajé con ella por Europa, leímos, bebimos juntos, y padecimos a su hermano Luis casi siempre en casa, viendo la tele, jugando con el sobrino, riñendo con la hermana por nimiedades, emborrachándose conmigo tres noches de cada dos. Había vendido su piso para comprar acciones de una macrodiscoteca que se iba a construir en Leganés. Hablábamos también de introducirnos en el negocio de las máquinas de juego. Con arreglo a sus planes, yo tendría que hacer algún pequeño viaje por España cuando llegara la ocasión. Ahí comenzó el crimen. El Manco me insinuó un día entre bromas que los dos hermanos andaban liados. Otro día lo repitió en serio. Le pegué un rodillazo en lo más suyo y no hizo por responder. Pero me advirtió que aunque lo matara seguiría manteniendo lo mismo. Esos dos hermanos están liados. De entrada no son hermanos, sino hermanastros. Te querrá a ti, me advertía, pero a él lo quiere más. Pondría la mano que me queda en el fuego si lo que te digo es mentira. Todo el mundo sabe cómo asfixian los celos. Ya no volvimos a emborracharnos tres noches de cada dos. A menudo veía una cosa rara, una mirada, un detalle, una caricia ambigua. Irene me tomaba por loco cuando le confesaba mis dudas.

Maté a Luis. Lo maté, sí, de un tiro en la frente. Después me pegué otro en la pierna con la pistola que le colocamos en la mano. Un trabajo limpio y estrictamente legal. No bebí aquella noche. El Manco me había informado de la hora en que Luis asistiría a una partida clandestina en un chalé del Viso. Sólo precisamos preparar la emboscada y hacernos de un alijo de droga con el que embucharle los bolsillos de la chaqueta.

Irene amenazó con llevarme a la cárcel, pero se arrepintió porque, según me dijo, no deseaba traumatizar a nuestro hijo toda la vida. Se marchó de casa, de su propia casa, y a los pocos meses me reclamó la custodia de Fidel. Ni exigió gastos de mantenimiento ni intentó desalojarme. No quería nada de mí. Rebuscando en los papeles que Luis dejó en nuestro hogar, me enteré de que el Manco había empeñado con él los dos únicos puticlubs que regentaba por aquella época. Los había perdido en una noche de cartas y Luis le estaba amenazando con enviar anónimos al ministerio de Interior informando de las propiedades del Manco. Guardaba incluso los anónimos mecanografiados, listos para meterlos en el buzón. Los socialistas acababan de arribar al poder y buscaban cabezas de turco para colgar en las puertas de las comisarías. Era una forma eficaz de demostrar que los vestigios franquistas pasaron a la historia. El Manco se veía arruinado y en la cárcel.

Maté cuando el Manco quiso que matara, me dejé manipular, dudé de la única mujer con la que he dormido abrazado, asesiné a un tipo que siempre se portó bien conmigo. Me hundí sorbo a sorbo en el pozo que se forma tras terminar con los sueños de un hombre, con sus pequeños y sus grandes secretos, sus cigarros después de comer, los momentos de gloria y los momentos de resaca. Me perseguían hasta anoche su mirada de consulta cada vez que iba a cambiar de canal en la tele, su descaro para gritar mi nombre de una esquina a otra, la forma tosca en que a veces servía la mesa y el respeto que mostraba por la hermana. Cada tarde y cada mañana, cada cumpleaños, nochebuena, merienda o partido televisado, cada whisky o cada cerveza, fui un asesino. Gracias al Manco. Pero ahora, en cuanto cayera la noche, gracias al Manco también, iba a dejar de serlo. Y no iba a traerme buenas consecuencias, ni mucho menos, mi absolución. Los tipos como el Manco, que nacen con complejo de dioses, son peligrosos hasta cuando actúan con buena voluntad.


La Científica conferenciaba en la barra sobre casamientos y el canuto me salvó. La voz de Renata se colaba suave, suaaave en ondulaciones por los agujeritos del móvil. Juraba que Leocadio Pérez de Pérez se portó como un campeón, cuatro asaltos en siete horas, una técnica tremenda, hablaba, reía, lanzaba besos, mi amol, mi amol, a ver si nos vemos, y yo, vale, vale, de acuerdo, un día de estos. La Científica mojaba el donut en la taza y contenía un eructo con dos dedos rematados en rosa, Renata confesaba que jamás se había reído tanto con un viejo. Dos colegas jóvenes a los que yo no había visto en mi vida se enfangaban al otro lado del mostrador en la sempiterna justa, la aburrida batalla de requiebros, fintas y acopio de estadística, tan semejante a las de mis viejos compañeros (con risas forzadas, el codo como una lanza hacia el brazo del otro, venga, estírate hombre, hace ya nueve días que no se te ve un detalle, los monederos mugrientos como pobres escudos que apenas protegen la dignidad de su dueño) donde el vencedor quedaría exento de pagar el desayuno pero manchado con la sonrisa del caballero al que asaltó. A mí me dieron ganas de escapar desnudo a una isla desierta sin ni siquiera tres cosas en qué pensar y la Científica no contribuyó a mejorar las cosas.

—Me da igual que te juntes con las golfas que quieras, fue lo pactado. Yo con mi marido y tú a tu bola, pero córtate un poco delante de mí.

No me apetecía discutir. Sigfrido Contreras, ex comisario de Vallecas, cuando Vallecas era Vallecas, más tarde sheriff de San Blas y ahora jefe de la *Pringue* por la gracia de Dios, sabe qué político agradecido: ése es su esposo. Como la Científica no encontraba un tipo lo suficiente basto, fuerte y testarudo para contrastar con su melenita rubia, se apuntó en un gimnasio y se lió con el profesor de kárate. Ingresaron los dos en el Cuerpo y conocieron tardes de cotilleo, tiernas llamadas por la herrumbrosa emisora de radio, reconciliaciones inolvidables, y de repente, el hastío, los calcetines sudados del otro, las gotitas en la tapa del retrete, las paellas siempre sosas, los ronquidos y todo lo que puede convertir el matrimonio en un incesto. Nunca me sucedió eso con Irene, probablemente por falta de tiempo.

Pagué nuestro desayuno, el de los dos compañeros de al lado y dejé una propina de doscientas pesetas. En la calle nos encontramos también lo de siempre: cartones en el suelo, mendigos sepultados dentro de cuatro abrigos, paletos que parecen reclamar a gritos un carterista y colegas nuestros deseando que llegasen las tres de la tarde para soltar el uniforme y coger el taxi. Daban ganas de volverse a la cama. Entré en su laboratorio, cerramos la puerta y nos dimos un beso entre microscopios, pulpejos, huellas rebozadas en tinta y casquillos manchados de mala leche. Su lengua merodeó por mi boca apenas dos segundos, pero me hizo olvidar las máquinas de café a treinta y cinco pesetas, las solapas de pulpo a la gallega, los zapatos negros y puntiagudos, las barbas y todo lo que me iba a encontrar cuando abriera la puerta del laboratorio.

—¿Cuándo sabremos si esos tres dedos salieron del brazo de Bartolo? —le pregunté al despedirme.

—El dedo corazón y el meñique no nos sirven de nada si este chaval no tiene antecedentes. ¿Los tiene?

—No lo sé, compruébalo.

—En cuanto al dedo índice: si lo han cortado de la mano derecha, sabremos si era suyo a lo largo de la mañana. Sólo hay que verificarlo con la huella del DNI. Ahora... si el tajo cayó en la izquierda, jamás podremos saber si pertenece a Bartolo. A menos que le hagamos la prueba del ADN comparando sus genes con los del padre. Pero eso nos llevaría más de una semana.

—Dame un canutazo cuando averigües algo.

Subí a Homicidios. Los del grupo se mosquearon al verme por sus fueros. Les veía llegar, más canosos, más calvos, más gordos y peores personas, coño, Maqui, ¡qué alegría de verte por aquí, ¿cómo van esas depresiones, joder?, mira, niño, éste es Maqueijan, Maqueijan, chaval, el que trincó al asesino de los siete dentistas, ¿te acuerdas? ¡Qué te vas a acordar! Si tú apenas tendrías barba cuando do éste liberó a la Melodie, hombre, Maqueijan, ¿qué tal? ¿Cómo te encuentras?, qué pasa, Maqueijan, ¡qué bien te veo! ¿Podré invitarte a una copa, no, Maqui? ¿O sigues con los ansiolíticos aquellos que tomabas? Espero que esta vez te quedes con nosotros para siempre y no nos dejes a las tres semanas. Hola, Maqui, cómo va eso. La mayoría estaría pensando en los trastornos que les iba a ocasionar mi vuelta, cómo habría que rehacer los turnos de guardia o de vacaciones, a quiénes iban a poner bajo mi mando, de dónde se iba a sacar una mesa o una silla, cuál iba a ser exactamente mi cometido. Algunos se alegrarían de veras al verme, y descubrí, por la mansedumbre como paseaban sus ojos por mi cara, por la decisión con que me chocaron la mano, que un par de entrañables enemigos, olvidadas ya las torpes rencillas, se habían quedado todos estos años con lo mejor de mí. El secretario del jefe de la Brigada Judicial de Madrid vino presuroso a comunicarme que Contreras deseaba verme. Antes de abrir por completo la puerta, Contreras me soltó:

—Bueno, vamos a dejarnos de saludos y mariconadas: el jefe superior ha llamado para que te retires del caso, no sé siquiera de qué caso se trata. Se ve que no has dado el resultado que se esperaba de ti.

Estaba dispuesto a obedecer si no es porque recibí en ese momento una llamada extrañísima. Una voz casi de niña que decía:

—Te quiero mucho, mi vida, no pises más ese sitio, que te puede costar caro.

Contreras abrió los ojos todo lo que pudo y su cabeza se aplastó en mi cara para escuchar mejor.

—¿Por qué me quieres tanto? —pregunté a la vocecita.

—Porque me gustan los paticortos.

Se desató una risa de adolescente lujuriosa en el teléfono y otra de cafre a mi lado. La voz del teléfono colgó y a Contreras lo callé con mi silencio.

Quien no se callaba era el Lector:

*Pues ya tenemos la voz de la rubia. Que no seas malo, mi vida, que no vayas donde tus colegas, que investigues lo de las carreras de las motos de nieve, y sobre todo, no compadezcas al Manco.*

*Por cierto, me encanta cómo nos enseñas Madrid, el color que va tomando la novela. Sigue así.*

EL LECTOR

# 7

Quise olvidar el coche en el aparcamiento de la *Pringue* y allí lo olvidé. Saqué del maletero el violín envuelto en su papel de regalo (más parecido, ahora me daba cuenta, al que se usa para envolver los jamones navideños que al que exigía un instrumento de trescientos papeles), saqué también el ordenador (cuanto más lo mancillaba con el aire de la calle menos me apetecía llamarle Alma) y viajé en metro hacia la estación de Alonso Martínez. La ilusión del violín en una mano y la penitencia del portátil en la otra, los andares de alguien que sabe lo que quiere, quiere lo que no sabe, y es zambo; el aspecto inconfundible de un tipo que jamás olvidaría un paraguas en una barra, aunque el sol se empeñara en despistarlo, alguien que jamás iba a dejarse las luces encendidas tras salir de un túnel en pleno día; la imagen, la horrenda imagen, de un hombre de acción.

Yo siempre quise ser el pistolero que llega o el que se va, nunca el más rápido ni el justiciero, pero ahora necesitaba convertirme en el más rápido, había que luchar por Irene, por las vueltas que debía de dar la vida para ponerse a mi lado, y eso me estaba sacando de mi trote, eso alteraba el tierno trato del risco contra el hierro de la herradura.

En fin, que había quedado con el de los ojos grises en la estación de Alonso Martínez a ver si me contaba algo de la chica por la que Bartolo lo había abandonado. Pero antes debía de entregar el violín a la hija de Bartolo. Y cualquiera podría preguntarse en este momento: Vamos a ver, ¿Bartolo, el hijo del Manco, el que anda con el de los ojos grises, el guaperas al que han secuestrado tiene una hija?

No es eso. Sujétense a mi cintura y no teman que la historia se desboque.

A los maderos les gusta contar con un mendigo amiguete del que hablar durante la barbacoa con sus mujeres. Mi mendigo es Bartolo; no Bartolín, el hijo del Manco, sino Bartolo, mi amigo y mi mendigo. En las novelas nunca se dan dos personajes con el mismo nombre, pero Bartolo estaría siempre por encima de cualquier trama, al margen de cualquier laberinto donde apareciese la palabra Internet. Y su hija más.

Lo encontré en el andén de la línea que va hacia la avenida de América. Se secaba la sangre que le brotaba de la nariz sobre un anuncio de cooperativas de viviendas. La gente, que andaba apelotonada, se apartaba varios metros al pasar por su lado. Así que me sentí cómodo en el semicírculo de soledad que le asignaron.

—¡Coño, Maqueijan! ¿Te han echado de la cama?

Le tendí mi pañuelo.

—Deja, deja, que te lo voy a poner perdido. Si esto se me cuaja enseguida —decía.

—Se coagula.

Se pegó el pañuelo a la cara como unas gafas de buzo.

—¿Quién ha sido esta vez, Bartolo?

—Unos fachas. Están cogiendo la manía de ir calentando el aparejo a tres o cuatro desgraciados como yo. Cualquier día tiro de navaja y me llevo seis o siete por delante.

Hace muchos años, Bartolo podía taconear por bulerías en la cabeza de cualquiera. Cada palabra que salía de su boca, aunque fuera un piropo cursi, sonaba a pecado y peligro. Después de muchos cuernos en cabeza propia, una hija y algunos años de cárcel, de aquel golfo sólo quedan su hija, las ganas de beber y el gusto por meterse con la gente.

—¿Dónde anda la niña? —le pregunté.

—Tiene que estar al caer. Se está haciendo la línea cinco. La cosa anda chunga, Maqueijan, la gente cada vez suelta menos.

Rosita toca más de diez horas diarias en el metro. Con eso pagan la pensión, la comida, el vino y los libros con que Bartolo la enseña a leer.

—¿Crees que le gustará esto? —le tendí la caja del violín.

Al cogerla se olvidó del pañuelo, de la sangre y de mí. La sangre, por cierto, se le había coagulado. Con las manos sucias intentaba limpiar unas migas inexistentes en el papel de regalo.

—¡Qué ilusión le va a hacer, Maqueijan, qué ilusión! Seguro, segurísimo que aprende enseguida. Te prometo que te lo apoquinamos esta semana, ya verás. ¿Cuánto ha costado? Bueno, todo lo que hagamos este mes, para ti.

La chiquilla apareció al fondo del pasillo, con la guitarra y la armónica colgada de los hombros a lo Bob Dylan. Con nueve años no se podía pedir más limpieza de facciones y suciedad de gestos en una cara. Dio un beso en la mejilla al padre, los buenos días para mí, y sin que le dijéramos nada adivinó lo que había dentro de la caja, se abalanzó sobre ella. Que yo estuviera de pie, junto a su padre en el metro, le debió de parecer lo más natural del mundo, aunque hasta ahora sólo me había visto en la cama. El semicírculo de marginación que se formaba ante el padre había desaparecido ya. Se suele abandonar al que está solo y agobiar a quien disfruta de compañía.

La niña no había tocado jamás un instrumento semejante. Cogió el violín, ensayó una melodía y enseguida se formó un charco de paz a su alrededor. De nuevo el semicírculo, pero esta vez estático, con los viajeros parados y escuchando. Bartolo abrió el estuche, sacó una pegatina pringosa del abrigo y la colocó en el interior: «La violencia más cruel es la de la ignorancia». La gente fue tapando la leyenda con monedas.

—Vamos, vamos —gritaba Bartolo al público—, lo nunca visto, deténgase el caballero pijo, la burguesa insatisfecha, deténganse y oigan.

Imitaba los andares y movimientos de algunos transeúntes que no le prestaban atención. Algunos se paraban con tal de no verse imitados. Le pregunté si conocía a un tal Julay.

—¿El Gran Julay? Seguro que la Rosi lo ha visto esta mañana. ¿Hija, has visto al drogadicto de las barbas? ¿Dónde estaba?

La niña paró de tocar y se rascó la pantorrilla derecha con la vara del violín.

—En Canillejas —respondió.

—¿Qué sabéis de él? —volví a preguntar.

—Es la estrella del metro —reconoció Bartolo—. ¿Verdad señorita?

Se dirigía a una chica de veinte años que huyó con el bolso pegado al sobaco y estirándose la falda hacia abajo.

—Nadie puede decir en qué estación cantará mañana. Ni él mismo lo sabe.

Bartolo me informó de que muchos cantautores famosos copiaban las letras del Gran Julay, pero al muchacho sólo le preocupaba ganar dinero para droga.

—Nosotros hemos pedido con él alguna vez, ¿verdad, Rosita? Un tío muy raro.

—¿Por qué raro? —le pregunté.

—Poooooorque a míííí, se me ha caídooo una estrella en el jardíííin.

Cantaba con toda su alma por Mari Trini con los brazos abiertos, burlándose de Mari Trini, de mí, de él mismo y de la gente. Bartolo sabe que me gusta esa canción. La niña rápido captó el tono y le acompañó con el violín. Increíble pero cierto, que diría cualquier feriante.

—Maqueijan, este verano le voy a enseñar París a la Rosi. ¿Verdad, hija?

La niña descorrió una persiana de encías marrones al sonreír. No dejaban de tirar monedas en el estuche.

—Y la voy a llevar para que toque delante de los mejores músicos franceses. ¿O será mejor Viena?

—Viena. ¿Qué más sabes de ese tipo, Bartolo?

—Que la guitarra suena demasiado ronca. ¿Te basta con eso?

—Me sobra.


Dejé a Bartolo con su hija y me fui a la puerta de la estación. El de los ojos grises llevaba diez minutos esperándome.

—Teníamos una cuenta pendiente —le recordé.

—Eso fue una trola mía.

—No lo fue, no.

—Sí lo fue, sí.

—Tú quieres ir de duro, pero los tipos duros no mienten. —Le eché mano al codo—. Matan o desvirgan, pero no mienten. Hablaste de que Bartolo te dejó por una chica, ¿no?

—Una trola. La verdad es que me dejó por un tío más guapo y no lo quise admitir.

—¿Es rubia, verdad?

—Un tío, ¿no te enteras?, te estoy diciendo que me dejó por un... Por favor, que me ahogo. —El cuellecillo se me escurría en la mano—. Lo único que sé es que es una monada rubia, muy jovencita y que vive por Villaverde.

—Y que no le gustan los dedos de Bartolo.

—Para usted la burra, agente.

—Siempre para mí.

Lo dejé y me fui en busca del Gran Juby.


Llegué a Portazgo sudando de tanta escalera mecánica. El Gran Julay tocaba la guitarra ronca rodeado de tres o cuatro obreros con monos azules, algún que otro estudiante y dos o tres chavales que me sonaban del Adagio. Cantaba sin micrófono, mirando al suelo. A su lado, un cartón donde se leía «El Gran Julay pide por su pico», una jeringuilla, varios yogures y una gorra con quinientas pesetas en calderilla. Tendría unos treinta años pero le quedaban pocos de vida.

—Lo sé —admitió mirándose los brazos agujereados—, sé que vivo con el permiso del enterrador, pero no me preocupa.

Contó que se enganchó a la heroína a conciencia, como un suicidio que se prolongaría años enteros. Con la guitarra nunca le faltaría para comprar droga. No quería nietos a los que adoctrinar, ni hijos en los que volcar sus frustraciones, ni hombros donde llorar. Sólo la guitarra y el metro. El sexo hacía tiempo que dejó de esclavizarle y a su familia también renunció cuando se marchó de casa con Bartolo. Me contó que huyeron de los pijamas, las piscinas, los domingos y los cines, todo lo que sonaba a cultura o incultura establecida. Cansados de parar siempre en los mismos semáforos, se propusieron no parar en ninguno.

Y lo consiguieron. Pero al cabo de ciento y pico países partieron las peras.

—Más bien me dejó tirado él. Fíjate que llegó a salvarme la vida arriesgando la suya en el lago Titicaca, y a los dos meses me abandona. ¿Por qué? Bueno, al principio lo achaqué a mi rotura de tibia, porque él no soportaba pararse más de dos meses en un sitio. Pero lo que no quería ni sabía soportar era mi manera de arrastrar las eses, mi timidez al preguntar la dirección de cualquier hotel, y cosas así. En resumen, empezamos la aventura huyendo de las disputas por la pasta de dientes y acabamos en eso, en la pasta de dientes. En frente veíamos niños muriendo de hambre, el Orinoco, las mafias irlandesas de Nueva York detrás de nuestros talones, atardeceres en oasis que te hacen gritar de alegría... Pero todo eso no podía nada contra los vicios cotidianos.

—¿Volvisteis a hablar?

—De vez en cuando me busca por el metro y cuando me ve, se sienta y no dice nada. Me suelta pasta, mucha pasta, me escucha cantar y se va. Coincidimos alguna vez por Torregrosa o Los Focos cuando vamos a pillar, pero no nos hablamos. Creo que él va de coca, no lo sé. Le habrá pasado lo que a mí, desilusión, nada por lo que luchar, lo de siempre. A cantidad de gente le he preguntado por qué empezó con esta mierda. La mayoría lo hicieron porque se creían mejores que nadie, mucho más fuertes, capaces de controlarse. Otra gran parte no sabe la razón.

—¿Ahí os ubicáis vosotros, entre los que no saben la razón? — Me sentí con más autoridad después de emplear lo de ubicáis.

—Creo que sí. Él sólo tenía que poner la gorra, esta misma gorra, eso es todo lo que él hacía y eso es lo que ha hecho en la vida, poner la gorra. Pero se fue sin decir adiós.

No se lo perdoné, aunque tampoco creo que tuviera demasiada culpa. Nunca se puede renegar por completo del cariño que te derraman en los biberones. Por eso Bartolo volvió a los brazos del padre. De todas formas, si lo ves, te darás cuenta de que en sus ojos se fue quedando todo lo que vimos. Lo miras a la cara y te crees un aventurero. Sufrimos y disfrutamos las mismas cosas, pero ninguna de mis canciones comunica tanto como un gesto suyo.

A ratos cantaba algo así:

*Todas las esquinas desde dentro son rincones.*
*Sin el boli, sin ti cuando me duermo, soy una esquina.*
*Si tirito, la bufanda de tus piernas*
*Si me caigo, la llanura del regazo.*
*Sal de la cama como si hubiera*
*Cocodrilos ahí abajo, ahí abajo*
*Si tirito, si me caigo, tú a mi lado.*

*Coge mi mano cuando no lo esperes*
*Háblame de silencios, bailes y eses.*
*Que al volver la esquina estaremos*
*Tus amigos, la niña y la nieve*
*Que correremos*
*Desde las dos hasta que el viento se hiele*
*Nos escucharemos*
*En el barranco de los sordos*
*Tus amigos, la niña y la nieve.*

*Todas las esquinas desde dentro son rincones.*
*Sin el boli, sin ti cuando me duermo, soy una esquina.*
*Si tirito, si me caigo, a mi lado, a mi lado.*

Vi asomarse unos flequillos detrás de una esquina y batirse en retirada. El Gran Julay repitió en un cuarto de hora dos veces la misma canción. Y la gente aún quería escucharla otra vez. Los maricones se habían marchado. El cantautor me estaba dejando un sabor demasiado dulce en una boca que empezaba a pedirme cerveza, pero no hacía nada por aportar alguna pista.

—¿Sabes qué apuestas organiza Bartolo?

Tardó un rato en responder:

—Si supiera algo no te lo iba a decir.

—Es algo relacionado con carreras de nieve, ¿verdad? —insistí.

—Encantado de haberte conocido, amigo.

Se levantó para chocar mi mano sin resistir la tentación de sacudirse el culo. La droga no termina de matar los vicios de la educación. Salí a la calle y me metí en una cabina para llamar a Fidel. Si había alguien siguiendo las conversaciones de mi móvil por escáner, debía ponérselo difícil. Introduje en la ranura una moneda de veinte duros. Pero la máquina la devolvía, no la aceptaba. Metí otra, y tampoco. Una más, y nada. Probé con las tres monedas varias veces y con otra de cinco duros. Nada. Algunos tipos saben tranquilizarse en situaciones como ésa. Y otros dan en pensar que el universo con todas sus esquinas, sus cáscaras de plátanos en el suelo y sus electrodomésticos con manual de instrucciones se alían contra ellos una vez más. Creo que pertenezco a este género. Y sé que llevamos razón.

Por fin entró una moneda, idéntica a las otras. Entró, entró. Descolgó Fidel, como siempre:

—Te iba a llamar yo, ¿sabes? Mi tutor quiere hablar contigo. Dice que le digas cuándo puede pasarse por tu casa.

—¿Otra pelea?

—No, qué va, qué va, jefe. Creo que es que el profe está hablando con todos los padres de alumnos.

—¿Y tu madre?

—No está.

—¿No está, o te hace señas diciendo que no está?

—Dice que no está.

Lo malo de las decisiones importantes es que hay que repetirlas y es como cuando alguien dice qué bien nos lo estamos pasando, que se lo carga todo, cuánto nos estamos riendo, que nadie se vuelve a reír. El día en que decidí exiliarme a mi horizonte de sábanas, la gente no se lo terminaba de creer. El día en que uno va y se levanta, la frase es:

—No me lo puedo creer, jefe.

Fidel gritó hacia el otro lado de la casa:

—¡Mamá, que se ha levantado de la cama, que sí, que sí, habla con él ya verás!

—No querrá —advertí a Fidel—. Bueno, avisa a tu tutor de que hoy mismo iré a verlo. ¿Vale?

Yo esperaba un vale, vale, de Fidel, pero no era él quien siguió hablando. Sentí su voz antes de oírla, la voz de Irene:

—¿Qué se supone que quieres que te diga? —me preguntó.

—Dime una mentira. Dime que me has estado esperando todos estos años.

—Te he estado esperando todos estos años, Johnny Guitar... ahora un pipí y a la camita de nuevo. Mañana bebes otro poco.

Colgó. Y colgué. Anduve sobre tres pasos de nada y me volví para torcerle el brazo al destino. Cogió ella el teléfono.

—Irene, escucha, no cuelgues, por favor.

—Tranquilo, hombre, tranquilo. ¿Cómo llevas tus depresiones?

—Hasta ellas me abandonan.

—Será que no las cuidas.

—Hago lo que me dejan hacerles.

—Con un poco de diálogo no hay depresión que se vaya de una cama. Háblales, háblales de tus fechorías, ya verás como vuelven.

—Si vuelven será para matarme.

—En eso de matar tienes experiencia, así que ya sabrás defenderte.

—Te va a escuchar el niño y se va a pensar que su padre es un criminal de guerra. No me tortures más, por favor. Ya te lo dije en su día, si quieres me entrego, voy a un juzgado de guardia ahora mismo, sabes que lo hago. Pero no me lo restriegues, bastante estoy lamentando lo de tu hermano desde entonces.

—Bueno, ¿para qué llamabas?

—Esto... Irene, bueno, yo...

—Dime...

—Irene... yo...

—¿Qué?

—Yo... creo que te quiero.

—Ya, pero dejaste de llamarme.

—Después de que me colgaras quinientas veces.

—Tal vez faltó la...

—...La quinientos uno —repetí con ella adivinándole el pensamiento—. Siempre falta la quinientos uno. Pero uno también tiene su dignidad.

—Y sus putas y su whisky y...

—Y su nuevo marido.

—Cierto, mi nuevo marido.

—Sólo que ya no hay más whisky que valga.

—¿Y qué hay ahora?

—Ahora —escogí ante la cabina la postura que me permitieron los nervios—, ahora sólo me queda la dulce hiel que me dejaron tus labios.

—Suena bien.

—Sabe mejor. —Lo he madurado mucho tiempo, me faltó decirle—. De eso me estoy alimentando.

—Confórmate así de momento.

Colgó y colgué. Ya más tranquilo.


Subí a un taxi por no ir hacia el chalé del Manco en la marabunta autobús. Dicen que a partir de los cuarenta quien viaja en metro o en autobús es un fracasado. No es más que una de esas frases del tipo a un hombre se le mide por la calidad de sus enemigos o, mejor que hacer el amor es dejar que el amor nos haga. Frases macizas cuyo ensalmo persigue a uno toda la vida por su ritmo o por su magia, como si fueran verdades. Pero ahora necesitaba par, espacio para la reflexión y eso me pareció incompatible con los encantadores fracasados del autobús.

El taxista que me tocó no era policía. Acababa de llamar a una tertulia radiofónica y le duraba la excitación. No me hacen gracia esos tipos que chorrean soluciones para todos los problemas por los pelillos de sus narices. Le impregné todo el coche de penas color tabaco. Debe haber como unos quince mil taxistas legales en Madrid y la mayoría se creen empresarios. Lo peor es que lo son.

Para no darle conversación abrí el ordenador, aunque esta vez, el mensaje era muy breve:

*Me gusta tu hijo, Maqueijan. Harías bien en mantenerlo al margen de todo.*

EL LECTOR


Quienquiera que fuese, no necesitaba escáner para saber de mí.

# 8

Llegué al chalé antes de lo previsto. No quería que ninguna de las putas me viera. Para entonces, la Científica me había ratificado por teléfono que el dedo índice cortado pertenecía a la mano derecha de Bartolo. Todos habían sido desprendidos de la misma manera, todos tenían el mismo grupo sanguíneo. Por la limpieza del corte el arma empleada parecía un hacha, un machete o algo igual de contundente. No se apreciaban magulladuras o indicios de tortura. No los arrancaron poco a poco. La sangre de los tres dedos conoció el aire al mismo tiempo, una hora antes de que el jefe superior me sacara de la cama.

—Tenemos claro una cuestión: o son unos descerebrados, cosa que dudo, o unos chulos con mucho cerebro —me aleccionó el Manco.

—¿Por qué?

—¿Por qué le cortan el índice derecho? —El Manco dejó flotar un vacío de inteligencia—. Ya sea porque no se han dado cuenta de que podemos comprobar las huellas, cosa que vuelvo a dudar, o porque me han querido decir: toma, Manco, por si aún no crees que tenemos a tu hijo y vamos a por todas, ahí llevas la prueba clave. Un farol de chulo. Además, de chulo listo, porque si accedo a pagar, previsiblemente será porque me cerciore de que los dedos son de mi hijo. Se pueden imaginar que los he enviado a analizar, para lo cual he tenido que recurrir a la policía y por tanto, les he desobedecido.

—Por tanto —le dije—, tienen ganada la baza psicológica para sacarte si no todo, sí mucho de lo que piden.

—Así es.

—Así es. Pero me ocultas cosas, ¿verdad, amigo?

—No te oculto nada. Haz la prueba ésa —me pidió—, saca las conclusiones que puedas, y se acabó. Te lo suplico, abandona el caso cuando las putas salgan de aquí.

Me condujo a una habitación del tercer piso desde donde veíamos llegar a todas. Unas en taxis, otras en Mercedes y varias en todoterrenos. Aparecieron en grupo unas rusas de reciente adquisición, brasileñas, dominicanas, españolas de pueblos perdidos y refinadas señoras con aspecto de viudas. Por las piernas se las podía clasificar. Unos andares, los gemelos, la cadencia al pisar, la manera en que la piel se relaciona con los tejidos, informan hasta de los libros que ha leído una mujer. Con los hombres igual, que no se me rebrinque nadie.

El Manco las miraba como se mira en vídeo una final de fútbol cuando ya sabes que ganó tu equipo y has visto todos los goles veinte veces y no quedan escondites para el sueño ni la sorpresa.

—¿Has encontrado ya a tu chica de ojos verdes escondida entre copos? —El Manco quemaba un puro y yo otro.

—¿A qué te refieres? —Yo sentado y mirándole hacia arriba, para no variar.

—Sí, hombre —dibujó un pulsera de plata en el aire—, la del sueño. —Otra pulsera que junto a la anterior parecían unas esposas. ¿Por qué se llamarán así las esposas? ¿Algo que ver con el matrimonio?—. La chica de los ojos color polo de menta. ¿No la has encontrado aún? ¿O vas a negar que sueñas con unos ojos así y que siempre, cuando vas a descubrirle la cara, te despiertas?

Me sentí como un niño con calzoncillos manchados ante el resto de la clase, el maestro y la pizarra. El Lector leía mis pensamientos y el Manco mis sueños.

—¿Cómo lo sabes? —Pregunta que siempre equivale como mínimo a un caballo o un alfil.

—No se puede ir de borracho y putero a la vez. Hay que escoger, Maqueijan.

Había metido sus orejas peludas en mis sábanas y ahora me lo escupía.

—No me malinterpretes, Maqueijan. Da la casualidad de que alguna de tus lumis de Internet, pues oye, trabajaban para mí. Casualmente una me habló de un madero al que le llamaban Maqueijan. Decía que sufrías pesadillas y que te levantabas con las uñas clavadas en la palma de la mano. Prefiero que sueñes con un angelito de esos antes que con matarme.

Aparté los ojos de la ventana. Sentí por primera vez asco y miedo de las putas. Ya sé que todos los que se relacionan con ellas se creen particularmente dignos de afecto y compresión. Y que hasta la zorra más zafia puede conseguir que el tipo más feo y escuchimizado se sienta orgulloso de su propia sonrisa, del timbre de voz o de cualquier encanto oculto que ella sabrá extraer. Trabajan con la mentira y de la mentira comen. Pero eso sólo está bien mientras que no hagan daño. Estaba claro que el Manco se proponía algo más que hacerme daño. Pretendería que le partiera la silla en la cabeza y dejara el caso.

—Bueno —le ordené—, coge la pluma y escribe.

—¿No te parece que te gusta demasiado mandar?

—No me parece. Escribe de corrido estos tres versos:

Porque el calor templado que encendía / la blanca nieve de tu rostro puro / robado ya la muerte te lo había.

Justo mientras le dictaba y él sostenía la vista en el papel, llegó la Trini en un Land Rover de ruedas relucientes. Llevaba gafas de sol, tacones altos, minifalda sin medias. La Trini no se ha puesto unas medias en la vida, ni de noche ni de día, ni en invierno ni en verano. No ladeó la cabeza hacia la piscina ni a los columpios de cristal como la mayoría de ellas, sino que se dirigió a la entrada con soltura, sin mesarse la mata morena ni componerse lo más mínimo. Ahora ejercería de madama a sueldo, buscando culos nuevos para los clientes del Manco allende la Unión Europea, traspasando putas a los clubes de carretera. No sé.

—¿Qué pretendes, Maqueijan, que se entere toda la ciudad y me lo maten? Eres padre. Trata de ponerte en mi lugar.

—Haz que el mayordomo, el Draculín ese que te has buscado, las siente en el gimnasio, en el jardín o donde sea. Que les hagan escribir eso de corrido, que les dicten rápido, que firmen el texto y que enseñen el carné para corroborar la firma.

—¿Algo más, señor?

—Sí. Las que quieran que escriban el nombre del autor. Como sólo entienden de dinero, creerán que se trata de una especie de prueba para ingresar en un club selecto. Al final, que les confirmen esa idea.

Algunas creían que habían vuelto a la escuela y trataban de destacar a cualquier precio, con chistes, risas, palmadas en las mesas, a cualquier precio.

—Si mi esposo me viera haciendo estas cosas me partía la cara —se quejaba una gorda.

—Lo que tiene que hacer una por dinero —bromeaba una portuguesa.

Siempre se encuentra tiempo para reír en los momentos más trágicos. El Manco sonreía. La Trini no, la Trini miraba hacia donde estábamos nosotros, a sabiendas de que el Manco las observaba y las escuchaba detrás del espejo. A veces los ojos de la Trini emigraban hacia las faldas de alguna morena tierna.

—¿Qué hace la Trini ahora?

—Lo de siempre, Maqueijan.

—¿Te la sigues tirando?

—¡Qué manía la tuya! —protestaría el santo varón.

—No, qué manía la tuya por ir detrás follándote todo lo que yo me tiraba.

—¿Yo? —Casi se clava el dedo índice en el pecho.

Volvió a sonreír como diciendo, tururú, enano, tururú. ¿Voy a ir yo barriendo tus condones? ¡Anda hombre! Pero se ve que le di de lleno. Se sentó y empezó a viajar seguramente por sus primeros años de boda. Miraba a las lumiascas allá abajo y me da que sólo pensaba en Dolores, su antigua esposa. Apagaba yo quince velas desde dos metros de distancia cuando llegó el Manco al cumpleaños disculpándose por el retraso. Fue conocerla abrazada a mí y augurarlo:

—Tu novia —recalcó el Manco—, tu novia, terminará siendo mía, Augusto. Por mucho que nos pese a los tres.

Ante salidas así sólo cabía la risa o el estacazo. Nos reímos los tres, cada cual de una cosa distinta, pero creo que todos convencidos de que la cosa saldría como él dijo o no saldría. A Dolores por aquella fecha no le impresionaban ni las propinas de los ricos en el restaurante donde servía, ni los músculos, ni las colonias de hombre. Le atraían más los chavales como yo, gente que podía sufrir tanto como ella al desvirgarla. Chicos con quien inaugurar métodos educativos. Dolores me dijo que aunque algún día nos enfadáramos, siempre nos uniría un gesto secreto: echarse el cabello hacia atrás con las dos manos. Cada vez que uno se atusara así el pelo, el otro tendría que acudir, avenirse al diálogo, por muchos años que pasaran y por mucho daño que nos infligiéramos. Lo que comenzó como un juego de críos se convirtió pronto en una prueba terrible de madurez. Cuando me los encontré besándose por primera vez, no pude evitarlo. Ya me habían explicado los dos juntos en un parquecito lo que pasaba. Él la había conquistado a la antigua usanza, haciendo guardias en la puerta de su casa, noche tras noche, sin dormir, y ella claudicó alguna mañana, no sin advertirle que no le besaría hasta que me lo anunciaran a mí, la persona más inocente, concedió ella, que había conocido en la vida. Intenté adoptar un aire digno, dije que siempre supe que Dolores no iba a ser la madre de mis hijos, y les deseé lo mejor. Pero cuando los vi besándose casi me arranqué la cabeza echándome el pelo hacia atrás. Ella lo dejó plantado en el banco nada más verme. Y la imagen del Manco en el Retiro, fuera abandonado a los designios de la tarde era tan desoladora como la que ofrecía ahora mirando los coches de las putas. Me fui a la mili y cuando volví los encontré casados.

Ni los hoteles de cinco estrellas, ni Bartolo, ni los vestidos de noche o las cuberterías de plata y todo lo que fue llegando hacia Dolores al lado de su marido consiguieron romper esa complicidad entre ella y yo, incluso cuando dejé de hablarle a él. Los celos del pasado son los peores. Atacan siempre por la espalda.

El Manco sintió frío de pronto. Pidió al Draculín que le trajeran una chaqueta.

Mirábamos en silencio a las putas, él sentado ahora, yo de pie. Desde arriba se les veía tan vulnerables con los bolígrafos en la mano, que a punto estuve de perderles el miedo que me invadió un minuto antes. Incluso las más guapas no eran sino una sádica venganza de la colegiala que se dejaba tocar las tetas por un duro para terminar acostada con cualquier chavalillo y sorprendida por el padre o el hermano.

Algunas con pinta de estudiantes terminaron enseguida, dejaron los papeles en la mesa y se fueron tal como llegaron. Otras tardaban en levantarse. Cuando algún lacayo del Manco se acercaba para preguntarles si tenían algún problema, confesaban que no sabían escribir. No fingían. Se les notaba en todo que eran analfabetas, hasta en el respeto con que agarraban el lápiz.

En menos de lo que se consume un pastel robado estaban todas fuera del chalé y yo con las hojas en mi chaqueta.

—¿Te han aclarado algo esos papeles? —preguntó el Manco.

—Si no te he llamado en dos horas es que he tirado la toalla. Y si te pego un canutazo será para entregarte a tu hijo.

Di orden de que avisaran a la Trini y de que esperase un momento cerca de su coche. Mientras tanto, eché mano de mi Alma y la abrí. No había nada.

Cuando ya se habían ido las demás, llamé a la Trini desde la otra punta del chalé, volvió la cara con un melenazo negro al viento y abrió la boca como si le regalasen algo buenísimo. Creo que en el fondo se alegró de verme, a pesar de que ella creía que actuaba. Me abrazó, me refrescó los labios y le pedí que me acercara a Madrid.

El problema entre esa puta y yo es que nos conocíamos demasiado.

# 9

A veces la Trini circulaba por su derecha. El resto del tiempo intentaba volar. Soltaba tacos línea mujer-tenía-que-ser, dónde-coño-vas-so-marujón, qué-cojones-pitas-pánfilo-cenutrio y similares. Las venas, cinceladas en el cuello, el gemelo derecho, maestro de anatomía en cada acelerón.

—Bueno, Trini, ¿dónde lo tenéis?

—¿A quién?

—¿A quién? ¿Por qué sabes que no me refiero a una cosa?

—¿Pero vas a jugar ahora conmigo a los detectives, Maqueijan?

—Afirmativo. ¿Cuándo has estado esquiando?

—¿Qué?

—Que te atrevas a mentirme y me digas que no has subido hace poco a la nieve.

—Sí, estuve hace dos días. ¿Qué tiene que ver eso?

—Sin embargo, no luces mucho moreno en la carita y dos días atrás hacía sol.

—¿Pero de qué vas, Maqueijan? ¿Es que te has trastornado al volver con tu amigo del alma?

—Has estado hace dos noches en la nieve. De noche, querida.

La Trini empezó a colorear. Para desviar mi atención se subió la falda hasta la altura de las bragas. Todas las farolas de la carretera de Burgos se veían chocar desde mi asiento contra sus pechos.

—¿Por qué? ¿Por qué estuve de noche en la sierra? —me devolvía la pregunta con recargo—. ¿Porque no vengo con la cara morena? ¿en eso basas toda tu teoría?

—Las llantas de tu coche hablan más de ti que tu cara.

—¿Qué le pasa a las llantas?

—Demasiado limpias. Ni son nuevas, ni el coche lo acabas de lavar. Se han hundido a base de bien en la nieve, justo hasta donde empieza la puerta. Yo diría que has atravesado un buen barranco. Si continúas subiéndote la falda vamos a tener que parar esto en el arcén.

—¿Aún me ves fuerte?

En los inicios de su carrera, la Trini sólo era una de tantas andaluzas pueblerinas que por el día trabajaba de azafata en el primer *Un, dos, tres...* y por la noche se divertía en las discotecas de moda. El Manco y yo edificamos con aquella argamasa nuestra mujer fatal, nuestra morena linda, dispuesta a meterse con un minicasete en cualquier cama. Después, sólo teníamos que calcular las dimensiones del cazo a cambio de la cinta. La Muñeca grabó tonterías que provocaron dimisiones en fila de varios consejos de administración.

El día en que el Manco inauguró el puticlub de La Castellana, la Trini trabajaba como una puta más. El Manco me invitó con mi cuñado Luis a supervisar el local cerrado al público. Las chicas venían a nuestra mesa, se sentaban, nos besaban, hablaban de sus hijos, del dinero que necesitaban, de lo cara que estaba la ropa, y ya se colocaban los abrigos de visón para irse cuando la Trini empezó a cuchichear en el oído de algunas. Visto y no visto. Retiraron las mesas del salón, apagaron las luces y nos tendieron en el suelo. Cinco, seis, siete o nueve mujeres tocándote a la vez, ocho bocas, dieciséis manos, ciento ochenta dedos sabios, rápidos y aventureros trabajando a destajo, riéndose todas, gritando, palpándose ellas mismas. Apagamos las luces, sacamos las botellas de las vitrinas y la orgía se prolongó hasta por la mañana. Nos derrumbamos borrachos y dormidos sobre el suelo y los sofás. Al despertarnos decidimos matar la resaca con whisky. Nos trajeron comida de un restaurante y la juerga se prolongó hasta el día siguiente. Aquello ayudó a ratificar la evidencia de que la Trini era la más viciosa. Le gustaban las mujeres tanto como los tíos. Y para hacerse respetar no necesitaba tijeritas de coser, punzones o cualquiera de los juguetes que gustan llevar sus colegas de la calle. El día en que se enzarzó con Joana tiritaron todos los vasos del gallinero. De cerca, nadie dudaba de que la brasileña fuese una mujer, deslumbrante, musculosa, pero rebosante de hormonas femeninas. Sin embargo, de lejos parecía un legionario travesti, con su metro noventa, más los diez de tacones, los brazos, prietos y relucientes, moviéndolos al andar como un soldado, el pelo corto sobre una cara huesuda y perfecta. Joana era un pelín lesbiana, sólo un poco, lo suficiente como para encapricharse con la misma gallega bajita y chillona a quien la Trini había colmado de clientes y regalos. Un día se aburrieron de lanzar indirectas y amenazas. Joana agarró del cuello a la Trini con las dos manos. La Trini le soltó un rodillazo en la entrepierna, la tumbó en el suelo, aplastó las rodillas contra los brazos de la otra y empezó a darle. Sin más. Eran las siete de la mañana, yo acababa de asistir al nacimiento de Fidel, tan sólo pretendía charlar un poco con el Manco de la vida, en plan quién lo iba a decir hace unos años, un hijo tú, otro hijo yo, tú con un puticlub y los dos de policía. Traté de separarlas, pero el Manco me contenía. Joana consiguió zafarse, agarró a la Trini por la cintura, le dio media vuelta y montó encima de ella por un segundo. Quiso elevarse un poco para saltar sobre el estómago de la Muñeca y ahí encontró su perdición. La Trini la tiró de nuevo al suelo. Joana pesaría ochenta kilos lo menos, pero por cada movimiento suyo, por cada vez que desplazaba la pierna deslumbrante y húmeda, cada vez que encogía y disparaba el brazo, la Muñeca lo hacía cinco veces. Trini se enroscó enérgica sobre el cuerpo de la otra, le inmovilizó de nuevo los brazos con las rodillas y le soltó un chaparrón de golpes que restalló en todos los oídos. El Manco no consintió que ningún cliente ni empleado las apartara hasta que Joana sangró de verdad. Se había quedado en el suelo temblando boca abajo. Niguna compañera se atrevía a socorrerla por miedo a la Trini. El Manco ordenó a un camarero que la acompañara a Urgencias y me anunció:

—Ahora sí que vas a disfrutar.

Cogió a la Muñeca de la mano, sudorosa, con las venas marcadas en el cuello y los antebrazos, la falda levantada, el carmín descorrido, el pelo enmarañado, el sujetador roto, y la metió en la cama de su despacho. Éramos dos peleles cuando la Trini rompió a besarnos. Arrancaba de cuajo una camisa por aquí, rajaba con la boca unos calzoncillos, todo con tanta fuerza y seguridad que no daba tiempo a preocuparse de nada, ni siquiera de que se le escapase un bocado. Cuando nos tuvo tendidos en la cama, daba alaridos, gemía como nunca antes la habíamos oído, gritaba cabrones os voy a reventar, acudía a todas partes con pies, pelo, espalda, tobillos, lengua y manos, sudaba y cuanto más sudaba más descomunal parecía. A las dos horas abrimos una botella de champaña y desnudos, cada uno en un rincón, brindamos por mi hijo y charlamos sobre lo mejor que podría estudiar cuando fuese mayor. El Manco sugería que debería enviarlo al extranjero como pretendía hacer con el suyo, que entonces tenía ocho años. Yo me conformaba con que saliera sano y la Trini decía que lo mejor que podía suceder a un hombre y a una mujer era que les gustase vivir.

Se ganó la confianza del Manco. Delataba a las compañeras que citaban a los clientes en la calle, a espaldas de la casa, atendía como nadie el mostrador y le quedaba tiempo para obligar a las otras a visitar al ginecólogo. La Trini se había paseado por cientos de lechos sin contagiarse nunca de otra cosa que no fuera una culturilla poscoito bastante ecléctica a base de escuchar letrados, banqueros, ministros y secretarios. Ahora ganaría un buen dinero al lado del Manco, pero nunca se sabe cuántos billetes significa para una puta lista un buen dinero.


—Muñeca, ¿cuánto queréis sacarle al Manco?

Paró el coche en el nudo Norte con los cuatro intermitentes encendidos. Echó medio cuerpo sobre mis piernas para abrir la puerta de mi lado. Con el dedo señaló el arcén.

—Bórrate, Maqueijan.

—Si el Manco se entera de que estás metida en esto, ni siquiera yo podré hacer nada por ti. Juegos de nieve. Quiero que me hables de gente que juega con la nieve.

Liberé la pistola de su funda:

—Y no me saques vena, Muñeca.

—Augusto, te quiero mucho, pero lo de las pistolas sólo lo hacen los policías malos.

—Yo soy muy malo y también te quiero —le puse la mano libre entre sus rodillas, apreté fuerte—, pero intenta acordarte de cómo se toma el Manco esto de las traiciones.

Cerró la puerta y arrancó. Quité la mano de entre sus muslos y esperé con la Chunga en guardia.

—Está bien —reconocí—, chica dura.

Sin soltar el arma blandí el teléfono móvil delante de su nariz, nariz rectísima por cierto.

—¿Sabes qué es esto, no? —Dentro del canuto centelleaba el número del Manco—. Mira qué fácil, presiono un botón y lo tengo al habla.

No echó a temblar, no se puso a llorar tampoco sobre mis rodillas, pero sólo tardó cinco segundos en derrotarse, el tiempo que empleó el Manco en invadir el coche con sus broncos y asépticos ¿diga?, ¿diga?, ¿quién llama?, como dentelladas en el aire. La Trini subió la mano en son de paz y yo guardé el aparato. Logros de la ciencia.

—Efectivamente, he subido a la nieve. Has acertado por pura casualidad.

—¿Por pura casualidad tienes el mismo modelo de coche que Bartolo?

—Bartolo organiza desde hace unos meses carreras clandestinas con esquidús. La última fue hace dos noches y yo corrí.

—¿Esquiqué?

—Motonieves. Una de las empresas que las fabrican se llama ski-doo. De ahí el nombre. Son cacharros preciosos, no sé si los has visto en la tele o en las revistas, pero son espectaculares. —La Muñeca se echaba la melena negra a un lado de la cara y después al otro. Estaba guapa por todas partes, y ahora que no quería demostrarlo, más aún—. Alcanzan más de cien kilómetros por hora, algunos llegan hasta los doscientos. La sensación de velocidad no puede ser mayor. —Hablando de velocidad se animaba y enterraba el pie en lo más hondo del coche—. Se requiere buena forma para moverse constantemente en la moto, desplazando el peso del cuerpo de un lado a otro, según las curvas, y casi siempre con una rodilla sobre el asiento.

—Tú te debes menear estupendamente, ¿verdad?

—Como nunca lo harás tú.

No lo soltó en broma, ni siquiera por ofender, dijo sólo la verdad.

—¿Y esta moda de dónde sale? —le pregunté.

—No sé, yo aprendí por la zona de Formigal, en el Pirineo de Huesca. Te cobran cinco billetes si te quieres montar media hora. Las compran en Andorra por un millón de pesetas, montan excursiones de noche y les sacan una pasta. En Soria hay lo menos cien chavales con motos de estas, pero vamos, que la mayoría de estos niños han aprendido en el extranjero. En Estados Unidos, Suiza y Francia se organizan buenos concursos.

—Ya, pero como estamos en España y las pistas no son muy anchas necesitáis todoterrenos para remolcar bien las motos. ¿Me equivoco?

—Caliente, caliente. Más que para remolcar las motos, estos coches te sirven para llegar hasta las pistas.

—¿Y no son demasiado estrechas las pistas para correr?

—Hay carriles nevados que miden más de diez metros de ancho y varios kilómetros de largo. Además, en una noche de luna no necesitas más luces que las que lleva la moto. Vamos, que por el sitio es lo de menos, lo importante es que no haya picoletos cerca y si los hay, asegurarte de que son de los que trincan. ¿No te molesta que fume, verdad?

—Nada de lo que hagas me molesta mientras sigas hablando y no trates de partir el acelerador. ¿Cuánto apuesta la gente?

—Mínimo cien papeles por barba. Hay noches en que han corrido más de quince tíos.

—¿Sólo apostáis dinero?

—La última noche, Bartolo propuso un reto.

—¿Tengo que preguntar cuál era?

—Si perdía, todo el mundo tendría derecho a tirarse a su novia.

—¿Pero no es maricón?

—Por lo visto entiende de todo. Allí va, desde luego, con una niña lindísima, no me preguntes cómo se llama porque no lo sé. La apuesta era ésa, si perdía, se la cepillaba todo el mundo en riguroso orden de llegada a meta.

—¿Y si ganaba?

—Habría que chupársela a él.

—¿Tengo que preguntar qué pasó?

—No lo sé. Me fui, vi que la cosa podía acabar mal y pasé de malos rollos. Hasta los maricones estaban deseando tirársela con tal de refregárselo a Bartolo.

—O sea, que los reyes del esquidú sois tú y Bartolín, ¿no?

—El verdadero rey es el vigilante de la pista, que lo tenemos comprado. Podría ganarnos siempre.

—Ya me contarás por qué no lo hace.

—Porque no lo dejamos participar.

—Oye, Trini, ¿y quién de vosotros conduce un todoterreno como de tercera o cuarta mano color negro?

—Bartolín.

—¿Sólo Bartolín?

—Bueno, y el vigilante —precisó.

—Pues demuéstrale que con el coche eres más rapida que él.

Detrás de nosotros y de los cuatro que acabábamos de dejar atrás se apreciaba el techo del Nissan, el Land Rover, o la marca que fuese, pintado de negro, el mismo que me había seguido por la mañana a la Celsa. En la plaza de Colón, tras diez minutos de ataques contra el corazón —el mío y el de todos los que adelantábamos— el coche negro era como un recuerdo lejano.

Al bajarme del cohete, la Trini me peinó el bigote con un beso pegado a su mano.

—Señor policía, se le olvida hacer una pregunta importantísima.

—¿Cuál?

—Esta noche tu amigo el vigilante compite con nosotros y pone muchos millones sobre la mesa. La pregunta es: ¿Sabe usted dónde está el refugio?

—En el barranco de los Sordos.

—¿Hay que preguntarte cómo te has enterado?

—Viajando.

Me faltó decir... en metro. A cambio, le silbé la canción del Gran Julay.

—Eres grande Maqueijan, eres grande.

Fueron las últimas palabras que me dedicó la Trini. Algunas horas después, en el barranco de los Sordos, nos veríamos sin dirigirnos la palabra.


En la plaza de Colón, con mi Alma por montera, me senté en un banco a ver qué se contaba el Lector:

*Ya sabes que esta noche hay una gran apuesta y tu papel ha quedado cumplido. Sólo tienes que quedarte quieto y no ir. El Manco irá, pagará y se acabó lo que se daba.*

# 10

Continué andando hasta la iglesia de Los Jerónimos.
Me acerqué al confesionario.

—Padre... —susurré.

—¿Qué? —se oyó al otro lado de la caja.

—Me pica un huevo.

—Pues ráscatelo, mamón.

Escuché una tapa de ordenador portátil al cerrarse, salió Carlos y cobijó mi mano entre las suyas, como hacía
antes de subir al ring en el Campo del Gas. Por fin, alguien
que no me soltaba qué hacía fuera de la cama, qué te trae
por aquí o qué alegría de verte. Me miraba feliz, sin más.

—¿Qué hacías con un ordenador ahí dentro? —le pregunté.

—Que también me he abonado a esa mamonada de Internet.

—¿Y? —Esta vez el ¿y? sonaba sólo a pregunta.

—Y me carteo con mis colegas de Sudamérica, que
quiero irme allí de misionero —respondió.

Después de contarle lo del secuestro pusimos el papel
que me enviaron a mí junto al que enviaron al Manco.
A otro lado colocamos los cincuenta y siete folios de las
cincuenta y siete putas. Unas ocho habían acertado hasta el

nombre del poeta que escribió los versos, pero ninguna letra coincidía a simple vista con la de la amenaza. Ni siquiera con la palabra nieve se veía aproximaciones.

Porque el calor templado que encendía
la blanca nieve de tu rostro puro
robado ya la muerte te lo había.

En cambio, el papel enviado al Manco y el mío parecían escritos por la misma persona. A un lado: «La solución al enigma, en el Alma de Maqueijan», y al otro: «A la atención del inspector Rejano. Ahora se va pareciendo al padre.»

Nos quedamos callados durante quince minutos sobre los bancos de la parroquia, ante la sangre reseca, los papeles arrugados y el disciplinado perfume de las velas.

Carlos soltó una risa forzada, de esas que uno desprende como excreciones varias veces al día sin darse cuenta.

—A ver si nos aclaramos, Augusto: quieres constatar en menos de dos horas si alguno de estos cincuenta y siete cuerpos de escrituras se corresponden con los anónimos, ¿no?

Meneó la cabeza de un lado a otro como diez veces, diciendo diez veces que no, al principio serio, después sonriente.

—Sólo a ti se te ocurre una locura semejante, sólo a ti —me regañaba.

Su forma de insultar era ésa, insinuar que a pesar de todo, la estupidez cometida es un prodigio de originalidad. Y mi forma de cabrearlo, preguntar si podía incendiar un purito:

—¿Estás loco o qué? —Se le agrandaba la perilla que le enmarca la boca, pero el puro proseguía su trayecto desde la chaqueta a mi boca—. ¿Es que eres sordo o qué? —Yo sacaba el encendedor—. Vamos, ni se te ocurra, ¿me oyes? ¿Cuántas veces te dije que aquí no se puede fumar? ¿Es que crees que ha cambiado algo aquí dentro?

Mil veces me lo había dicho, mil veces le había gastado yo la misma broma y mil veces entraba él al mismo trapo. El asqueroso encanto de la olvidada rutina. Guardé por fin el puro y el mechero. El apasionado del rigor, la rectitud y disciplina de espíritu, reflejada en una barba afeitada casi con la ayuda de escuadra y compás, para las bromas tenía menos cintura que el defensa de un futbolín. El chiste, también del Manco.

—Bueno Carlos, necesito tu opinión de grafólogo.

—Habla con propiedad. Lo que buscas no es mi opinión de grafólogo sino de calígrafo, que es bien distinto.

—¿En qué se diferencian?

—Bien lo sabes. —Cierto—. Pretendes hacerme hablar para que me anime y te ayude —más cierto aún—, pero esta vez realmente no puedo. El calígrafo, como bien conoces, se limita a verificar la autenticidad o autoría de un documento. Para ello —era más poderoso su afán didáctico que su inteligencia— se vale del cuerpo de escritura, que es lo que tú sabiamente has hecho dictar a esa mujeres. Digo sabiamente —seguía y seguía hablando, íbamos bien— porque has tenido la preocupación de que lo copiaran de corrido, con lo cual su margen de libertad para situar el texto en el espacio de la página es mayor que si se tratara de versos. Pero es eso lo único que has obrado sabiamente. El resto, te ruego que me perdones, sirve para poco. No puedo analizar cincuenta y siete documentos en dos ni en tres ni en cuatro horas como me pides, es imposible. Necesitaría tomarle fotografías a todos ellos, y cotejarlo con un buen microscopio ante los dos anónimos. Incluso con tres días de trabajo, el informe podría presentar errores de peso. Habría que cotejar bien la distribución espacial, los inicios, los finales, la inclinación, la caja de escritura, el grado de presión, la velocidad de construcción y sobre todo la idea de trazado de los grafismos homólogos. Muchos deberes para un calígrafo.

—Bueno, pues ya que muestras tan buenas disposiciones, dime como grafólogo lo que piensas de los anónimos.

—Como grafólogo tampoco se podría emitir un juicio de buenas a primeras. Además, sabes que renuncié a extraer conclusiones psicológicas de cualquier escrito. Eso es la grafología, el análisis del carácter de una persona a través de su escritura, nada que ver con la labor casi matemática del experto caligráfico. Un buen grafólogo ha de ser antes psicólogo.

—Muy bien, gracias por la lección. Sigue con tus amigos de Sudamérica.

Me iba, con la violencia de las zancadas en un templo, yo me alejaba, pretérito imperfecto, como diría más tarde la niña fatal. Cuando salía ya a la calle de Goya, me llamó.

—Ven, anda, ven, déjame los dos anónimos —extendía la mano— pero no te garantizo grandes hallazgos. —Subía el dedo índice—. ¿Para cuándo lo quieres?

—Para ayer.

Se sentó en un banquillo con un bolígrafo y otro papel, se puso a tomar notas. Al cabo de dos minutos, se volvió hacia mí:

—Digamos que una de las cosas que más te pueden servir para reflejar el carácter de una persona es su situación en el espacio.

—Traduce.

—La situación en el espacio, por decirlo pronto y mal, vendría a ser los márgenes que dejas al escribir. En el momento en que apuntas con el boli a la página estás demasiado preocupado por la forma y el contenido del texto en cuestión.

—Ya que no aportas nada a la investigación, por lo menos aprendo.

Continuó su discurso sin entrar al trapo esta vez:

—La grafología clásica mantiene que el margen izquierdo de una hoja está estrechamente relacionado con tus raíces. Cuanto más pegado escribas a la izquierda, más apegado estás al pasado, a tus padres, a tu educación. Cuanto más a la derecha, más independiente, más aliado del futuro. —Me daban ganas de coger un papel y escribir por saber de mí.

—Bien, todo eso en cuanto a la grafología clásica. Y la tuya, ¿qué dice?

—Lo mismo, pero volviéndolo todo mucho más complejo. Si la página es el espacio por donde tú caminas, me limitaré sólo a ver cuáles son tus andares. No iré más allá de tus tendencias, y aún así, correré el riesgo de equivocarme. No diría nunca que alguien es un ladrón sino que tiende a robar.

—Equivócate, pero dime algo ya.

—Parece, efectivamente, que los dos anónimos los escribió la misma mano. Y en ambos, la letra chupa muchísimo. Con una buena lupa se vería bien.

—La compro ahora mismo.

—Me refiero a un buen microscopio. Chupa mucho te digo, eso quiere decir que hay grandes espacios dentro de las letras que indican que el individuo en cuestión posee una gran capacidad de aprendizaje. En cuanto a la situación en el espacio, en efecto, aquí ha empezado en el medio del folio. Según eso, sería alguien bastante alejado del pasado, de la dependencia paterna, y todo eso, pero claro, no nos vale de mucho esa tesis puesto que no se trata de un examen ni de una carta a un amigo, sino de un anónimo corto y escueto, con un medio folio en blanco para manchar con pocas palabras. A pesar de ello, sirve de referencia.

—¿Algo más, padre?

—Lo más significativo, lo que más me ha llamado la atención desde el principio es que la letra está llena de automatismos, salta a la vista.

—¿Qué quieres decir?

—Que, o bien se trata de alguien estúpido, que no se preocupa de disfrazar su letra, o bien de un fanfarrón, o fanfarrona. En cualquier caso, alguien prepotente que no se preocupa de que lo pillen. No es normal en un secuestro.

—Amante del riesgo, quizá, amigo del juego y de las carreras en la nieve, un chulaperas capaz de organizar una apuesta la misma noche en que tiene que cobrar un secuestro.

—A tanto no llego, amigo. Sólo digo que el autor de esto, o bien es algo estúpido o no le importa nada que lo descubran. Y ya he dicho bastante.

—Veo que en algo coincides con el Manco. —Se le escapó un gesto de repugnancia, la boca torcida como si le hubieran dado ricino—. Él también opina que aquí hay un chulo.

Le di las gracias, dije adiós, hasta luego, di la vuelta sobre mis talones, oí adiós, hasta la vista, y me volví en una décima de segundo con el puño viajando hacia su pecho. Fue inútil. Donde debía encontrarme su pecho, sólo aire. Y justo unos centímetros al lado, aguardaba Carlos sonriente con los brazos en guardia y la cintura inclinada como si me mirara detrás de un gigante. Una vez más, se limitó a esquivarme.

Fuera de la iglesia, la calle olía a castañas asadas, a casa de pueblo con badila, brasero y ganas de hablar. La tarde había adquirido ese tono gris y marrón que sólo las grandes ciudades saben fabricar, ese aire, esa luz, ese caramelo de niebla que va matando a sus víctimas tarde a tarde, beso a beso.

# 11

Llevaba tras mis talones lo que parecía ser el mismísimo Dios o el mismo Diablo al tanto de todos mis pasos; tenía al hijo del Manco con tres dedos menos en algún refugio de la sierra esperando ser liberado; a un escribano anónimo y chulaperas al que no le importaba ser descubierto; a una vocecita cachonda que me decía Paticorto, deja el caso, te quiero mucho; a la Trini dispuesta a ganarse doscientos cincuenta millones de pesetas en una carrera que se iba a celebrar esa noche; a un tal Adriano Gutiérrez, látigo de corruptos, desaparecido desde que lo vi en Joy con su novia. Por si fuera poco, andaba suelto un vigilante de Navacerrada que ofrecía doscientos cincuenta millones de pesetas a quien le ganara con una motonieve y no tenía otra distracción mientras tanto que seguirme por toda la ciudad en un coche negro. En medio de todo eso va mi hijo, y se empeña en que hable con su tutor de Villaverde.

¿Pero dónde había dejado mi Seat 131? Me vi fuera de la iglesia, en pleno barrio de Salamanca, con mi ordenador en una mano, las piernas abiertas sobre los metros cuadrados más caros de Madrid, y más desorientado que nunca. La amnesia duró hasta que miré a un limpiabotas, después al suelo, vi manchas de algo pringoso en la acera y recordé que lo dejé en la *Pringue* antes de viajar en metro en busca de mi mendigo Bartolo. Así que emprendí otro garbeo subcutáneo por los interiores de la ciudad, Serrano, Velázquez, Goya, Príncipe de Vergara, Retiro, Banco de España, Sevilla y Sol. Anduve hasta la Brigada, cogí el coche con la prisa y el sigilo del que roba para evitar el saludo de los de mi ralea, y puse rumbo a Villaverde.

Villaverde es lo más semejante a un pueblo que se puede encontrar en Madrid. Fresquísima ropa chorreante de los balcones, mujeres que se pasan la alegría de una acera a la otra, compadreo y comadreo clandestino delante y detrás de cada puerta. Y el colegio de mi hijo, lo menos parecido a un colegio. Que a los dieciocho años sus alumnos cojan un volante de camión en vez de una navaja representa la meta de cualquier profesor. Chavales que abren los brazos al andar como si llevaran sandías, zapatillas Nike imitación, relojes digitales con calculadora incluida y un desconocimiento consciente de los calcetines de rombos, pero no del poeta de Extremoduro cuando jura que la única bandera que entiende es la ropa tendida en las ventanas de su barrio.

Miguel, un maestro amigo de la familia, nos convenció de que al niño le vendría bien en sus primeros años conocer el pueblo verdadero. De tratar con pijos ya tendría ocasión. Con el tiempo no había quien lo sacara de allí.

Miguel jugaba al baloncesto con tres gitanos cuando pisé el patio. Parecía uno de esos educadores negros que se meten a los alumnos del Bronx en el bolsillo a base de romper aros de canastas con la mandíbula. Me invitó a pasar a su despacho, una mesa, una silla, y un calendario de Unicef, se lió un porro y me preguntó si llevaba mucho tiempo dado de alta. Cada vez que un padre iba a verlo lo enredaba una hora, sin importarle la clase de los críos.

—Tengo prisa, Miguel, minuto y resultado.

—Deberías sacar a tu hijo de esta cueva.

—Con la ayuda de los GEO, ¿no?

—¿Quieres? —Me tendió el porro y siguió hablando cuando vio mi dedo como un limpia parabrisas—. Por si no lo sabes, tienes un hijo inteligentísimo. Bueno, pues se ha juntado con una chica mucho más lista que él. Lorena González. Espera hombre, espera —me estaba levantando de la silla—, ya sé que no pasa nada por eso. Chico de diecisiete años recién cumplidos con chica de quince.

—Miguel, la ciudad me necesita, el mundo me mira y tengo que irme.

No hizo por abrazar la broma con las extremidades de su boca. Se quitó las gafas en un gesto elocuente, pelín pedante, que decía, te vas a enterar ahora de lo que va la cosa:

—Hay amores, que, si no les devuelven el dinero prestado, matan. Tu hijo le debe cien mil pesetas. Y los amigos de Lorena le han dejado a Fidel la cara como una torta de aceite. Ha sido el primer aviso.

—¿Dónde vive la tal Lorena?

—Con la madre, ahí en la calle de Encarnación Nosequé.

—¿Puedo irme ya con mi hijo?


No veía a Fidel desde la discusión en casa, noventa y siete días atrás. Charlaba con su amigo Quique de algo que parecía importante. Los pómulos de Fidel estaban hinchados, los labios rotos. Se ve que le habían dado sin guantes. Quique me chocó la mano y Fidel me besó. No pregunté qué le había pasado, a pesar de que evité rozarle la cara con mis labios.

—Quique, no sé adónde quieres llegar. ¿Cuánto mides, joder?

—Uno noventa.

—¿No te da vergüenza?

—A ellas les gusta, Augusto.

Quique también eludía el tema de las heridas. Un tipo con clase.

—Oye, Quique... ¿y tu hermano?, ¿qué tal? —le pregunté—. ¿Se recuperó del accidente?

El chico se sonrojaba un poco. Se supone que me tocaba seguir hablando de fútbol o de lo pijo que se estaba volviendo Fidel. Aquella pregunta no estaba prevista en el programa de visitas.

—Bueno... murió hace dos meses en otro accidente.

Se sentía incómodo y yo también. Quise decirle, bueno, ¿y tus padres?, qué tal, cómo andan, pero no los conozco de nada y sospechaba que tampoco andarían muy bien. Mi hijo tomó la palabra.

—Déjanos un rato, Quique, quiero hablar con el jefe.

—Si me lo pides así...

Fidel miraba al suelo y yo proseguí hablando del amigo.

—¿Se come el bicho tanto como dice? —le pregunté.

—Psss, no se le dan mal las tías, la verdad. —Fidel se me quedó mirando las gafas de sol—. A ver... esas Police. Te las has comprado nuevas, ¿no? Trae, trae, tienen un color bonito. ¿Me quedan bien?

—Pareces madero. —Un madero hecho astillas, pude añadir.

—No jodas. ¿Sí?

—Lo que te digo.

—Toma, toma, que las disfrutes mucho tiempo, querido.

El sol le daba de lleno en los moratones.

—Jefe, quería hablar contigo.

—¿Algún día dejarás de llamarme jefe?

—Vas para viejo... papá. ¿Te pesa el escalafón o qué?

—¿Qué pasa?

—No sé lo que andas investigando, pero tienes que dejarlo.

—¿Y eso?

—Diez minutos después de que llamaras, sonó el canuto y un tipo me amenazó con rebanarme el pescuezo si no dejabas de tocarle los cojones.

—¿A qué se refería?

—Eso mismo le pregunté. Me dijo que de sobra lo sabes. Y también me dijo algo muy raro: que si mi padre seguía haciendo el tonto, a mí se me iban a quitar las ganas de subir a la sierra en mucho tiempo.

—¿Te ha dado por esquiar ahora?

—Llevo ya unos meses subiendo a Navacerrada. No está mal.

—¿Y cómo saben ellos que esquías si no lo sabía ni yo?

—Eso es lo que me ha extrañado.

Se acabó. Lo único claro era que la vida de mi hijo peligraba. Así que le podían dar su merecido al Manco, al hijo del Manco, al Gran Julay, a los gitanos de la Celsa, al de los ojos grises, a la Trini, al cubano, al Lector y a todo el que tuviera algo que ver en esa historia. Olía demasiado a podrido desde el principio. ¿Por qué me había paseado el Lector de un lado a otro, qué pretendía mostrarme? ¿Y ahora... por qué me cerraba todas las puertas? Yo quería apuntarme un tanto ante mis jefes y ante mí mismo, el caso era bonito, estimulante, pero hacía demasiados años que dejé de creer en los finales de las novelas del Oeste. La vida de un hijo está siempre por encima de la vanidad, que ya es decir. El Lector había ganado, buen provecho, el superpolicía recuperado para la causa, cansado, abatido y fracasado de nuevo, se volvería a sus cuarteles de invierno y de verano. Le prometí al Manco que si en dos horas no le llamaba, me retiraba del caso. O sea, que caso cerrado.

Concentré toda mi energía en charlar amistosamente sobre lo de la droga y la Lorena aquella. Compramos un bocata en la cantina y dos refrescos. Hablamos del Atleti, de la madre de Fidel, y del compañero de la madre. Fidel se llevaba bien con el marido de Irene. Cuando se distrajo mirando a una gitanilla, disparé:

—¿Te pinchas?

—Todos los días cuatro veces —bromeó.

—En serio, Fidel, ¿te metes algo en vena?

Calló.

—No me contestes —proseguí—. Antes que nada quiero pedirte otra vez perdón por lo de aquella noche. Por teléfono todo es muy frío. Sabes que siempre te he respetado. Bebí mucho ese día y, si te sirve de algo, te diré que no he vuelto a probar una gota.

—Jefe, de verdad, no tiene importancia. Yo también me pasé siete pueblos, pero no volvamos con escenitas de lágrimas. ¿No te das cuenta de que nos mira la gente? Déjalo, papá, de verdad, vale ya. Venga, está bien, déjalo, de verdad, ya vale. Por favorrrr —cerró los puños—, bassssta.

—Bueno, quiero que sepas que si te pinchas, si fumas coca, o lo que sea, si necesitas no un consejo, sino alguien que te comprenda, me tienes a tu lado.

Tres minutos callado. O más. Las niñas nos saludaban, hola Fidel, qué contento se te ve con tu padre, hasta luego Fidel, que ya ni saludas, nos vemos mañana después del recreo, a ver si me pasas los apuntes de Historia. Las chicas tampoco le decían nada de los moratones. Terminó de comerse el bocata, se levantó por una servilleta y al sentarse, juzgó que ése era el momento.

—No me pincho. Pero esnifo bastante coca. En cuanto

al caballo, he probado algunos chinos, ya sabes, papel de plata con heroína quemada.

Recordé al Loterías cuando me aconsejó que no me culpara a mí mismo de todo eso.

—¿Por qué empezaste?

—Me aburría los domingos —contestó.

—Te he fallado en muchas cosas, ¿verdad?

—Ninguna importante. Tú y mamá habéis sufrido lo vuestro. A Ramón, el pobre (su padrastro), lo he tenido a mi lado desde los doce años, como si fuera un hermano mayor. No os culpo de nada y no creo que mi caso sea el de la mayoría de los hijos de padres separados. En ese sentido, no me sentí solo nunca. Cada vez que te he llamado, has venido.

—Y ¿el dinero?, ¿de dónde lo sacas?

—Compras, cortas y te quedas con una parte. Derecho mercantil.

—¿Lorena también te deja guita?

—Sí —reconoció—. No esperaba que el tutor te contara tanto. En realidad no le debo nada, porque nada me ha pedido. Pero quiero cortar con ella y devolverle lo que es suyo. Si le pagas cien mil pesetas me haces un favor, me quitas a sus amigos de encima.

—¿Quieres venir a casa durante una temporada? ¿Te apetece cambiar de colegio?

—Puedo dejar esto cuando quiera, no estoy enganchado.

—Eso se lo he escuchado a demasiados muertos. Vente a casa.

—Vale, cuando termine el curso. Aquí estoy bien, Quique me ayuda todo lo que puede. Él no sabe siquiera cómo es el chocolate, dice que se marea con el humo.

Lorena González. Fidel me contó que la chica mantenía unas amistades muy extrañas, que él mismo le perdía la pista muchas veces, que hacía un tiempo que no la veía. Venían a buscarla tipos mayores de Madrid.

—Suelen llegar en coches todoterreno, ¿verdad? —le pregunté.

—Sí, unos cochazos enormes, ¿cómo lo sabes?

—Es la moda.

—Me he enamorado de ella sin darme cuenta. Le salen novios por todas partes, pero durante un tiempo sólo tenía ojos para mí. ¡Y qué ojos, jefe!

Había muy poca comunicación entre nosotros. No quería mentirme respecto a las heridas de la cara, pero tampoco se decidía a contarme la verdad.

—¿Cómo la conociste?

—La vi con pantalones cortos y le dije que estaba para hacerle un favor. Me dijo: niño, me quito un pelo del coño y te ahogo.


Abrió la puerta la madre de Lorena. Lo primero que vi fue un perro enorme, que se humanizaba al nombre de Dylan, y una foto del mismo perro que ocupaba toda la pared del vestíbulo. Me presenté como padre de un amigo de su hija. Me invitó a que pasara al salón donde yacía un tipo con bastón, barba y monóculo. Se levantó de la poltrona dejando escapar un suspirito, ayyyyh, en plan qué dura es la vida para la gente sensible.

—Me llamo Manuel Lunas. ¿Cómo estamos, hombre?

Me jode esa gente que se muestra campechana y sencillota con quienes consideran de baja estatura intelectual. Costaba trabajo imaginárselo en un sitio distinto que no fuese el café Gijón, dividiendo a la gente entre normales y estúpidos según hubiesen leído a James Joyce. Nada más verlo entraban ganas de tomar café y fumar.

—Marisa, sírvele un café a este buen hombre, guapa. Usted dirá qué desea, caballero.

Se creería muy sutil, pero esa forma de marcar distancias con la palabra caballero me pareció de lo más burda. Caballero sólo lo emplean los camareros y los acomodadores. En aquel piso con vista a los cordeles del balcón de enfrente, caballero sonaba a insulto; y el qué desea, a reto. Soltó una carcajada el tal Lunas cuando le dije que quería hablar un momentito con Lorena. Hablar con Lorena, ja, ja, mira Marisa lo que pretende este señor, hablar con tu hijita, ja, ja. La carcajada se fundió en una tos suave y tuvo que mancillar un pañuelo de seda para secarse la saliva. La mujer, en la cocina sin hablar.

Parecía una buena madre, por la forma en que se retorcía las manos cuando mencionábamos a la hija, por el miedo con que me miraba, no le fuera a hacer daño a su golfa, y por la despreocupación con que había dejado crecer un culo que hace unos años causaría estragos entre los colegas del Lunas.

—Usted sabrá disculparnos las risas —se excusaba gratuitamente en nombre de la otra, que jamás intentó reírse—, pero es que estábamos refiriéndonos ahora mismo a ese asunto. No se puede hacer idea de los quebraderos de cabeza que nos da Lorena. Hace más de un mes que no aporta por casa.

—¿Es usted el padre?

—No, por Dios, yo sólo soy un amigo de Marisa que vengo de visita. Lorena no ha conocido a su padre en la vida.

—¿Pero usted tiene un cariño muy especial por la niña, verdad?

—Aparte de caerme usted demasiado cargante, peca de soberbia, caballero. No sé de qué índole es la información que ha recibido en el colegio, pero sepa que Lorena no responde a los mismos parámetros que cualquier Lolita de Nabokov.

—¿De Naboqué?

—Olvídelo. Es mucho más que una adolescente cachonda, hablamos de una delincuente en potencia. —Lunas tacharía de delincuente a todo el que no hubiese leído a Nabokov o Gil de Biedma y se acostara con una adolescente—. Lo último que sabemos es que ingresó de nuevo en una granja de toxicómanas en Alcalá de Henares. Ya conoce, de esas de la iglesia evangélica. Es la tercera vez que va en menos de un año, y no termina de desintoxicarse. Va con el mono y cuando se le pasa nos llaman desde allí diciendo que se ha ido. Cuando ingresó la última vez la llevé yo y delante de ella les dije que si se marchaba, que no llamaran, que la dábamos por muerta.

Manuel Lunas debía ser un buen lector de periódicos, buen escrutador de las secciones de Cultura, que es la fórmula ilustrada de leer la contraportada de los libros en vez del libro en cuestión. Cuando dijo eso de que la chica va con el mono, la palabra mono desprendía lascivia en su boca, como si quisiera adueñarse de un vocabulario joven sólo porque conocía algunas expresiones. No lucía el aspecto atormentado de los creadores, la mirada curiosa, la pose despreocupada de quien se pasa media vida buscando poses para sus criaturas, ni presentaba el cuerpo de quien se entrega a un grupo y comparte quinielas, viajes o experiencias. Un remilgado con miedo a la soledad y un solitario con pánico a la gente. Esos tipos no buscan nada bueno en barrios como Villaverde. Les tendrían que prohibir la entrada.

—Si contactan con ella —me despedí—, díganle que quiero pagarle cien mil pesetas.

Y en el buzón, el Lector:

*Ya has visto a tu hijo cargado de moratones, ya corriste a preguntar por la niña, ya vas en busca de ella, y ya te llamará ella y os veréis, ya corres en pos de tu destino. O paras o te paro.*

# 12

El Lector y sus compinches me iban a dejar sin capacidad de sorpresa. Sabían de todos mis movimientos, lo que pensaba antes y lo que pensaría después, a la gente que había visto y a la que no veía. La novela donde me querían meter se volvía cada vez más asfixiante, pero ahora no podía pararme, esto era algo que afectaba directamente a mi hijo. Antes de entrar en el coche sonó el móvil.

—Hola, Paticorto. ¿De verdad quieres seguir dando el coñazo?

Era como la voz de una niña con resaca, la misma que me llamó a la brigada diciendo te quiero mucho mi vida, no hagas más el tonto que te puede costar muy caro. Era, estaba claro, la mujer que me habían anunciado en la Telaraña cuando hablaban de barrancos como escotes de rubia.

—Lorena, voy a darte ahora mismo cien mil pesetas.

Poca gente resiste la tentación de colgar al sentirse descubierta por teléfono. La niña no era una excepción.

Me metí dentro de la SER por la M-40, pasé después por Radio Ochenta serie Oro, avanzando entre el descampado de las cuatro de la tarde.

En Alcalá de Henares le preguntaba a la gente:

—Oiga, ¿la granja de las toxicómanas?

—Sí, a ver cómo le indico, está complicado —me contestó un abuelete.

No quiero coche nuevo, pero un elevalunas eléctrico, a pesar del nombre, evita repantigarse por el sillón como un Supermán paralítico.

—Siga la primera a la derecha —el anciano manejaba la garrota como un sable con el que dibujara planos en el aire—, después al segundo semáforo, la tercera a la izquierda, una recta, un kiosko, y la segunda a la izquierda, después la primera a la derecha. ¿Seguro que se ha enterado? —Introdujo la boina por la ventanilla.

—Seguro que me he enterado.

—No me lo puedo de creer.

—La primera a la derecha, al segundo semáforo la tercera a la izquierda, una recta, un kiosko, la segunda a la izquierda y la primera a la derecha.

—Usted llegará lejos, joven.

Llegué. Todas las chicas me miraban acercarme a la granja. Una casita humilde, un prado verde, un cordel y como veinte sábanas endiñándole hostias al viento. El aire parecía lavado con suavizante. Dispuestas en círculo ensayaban una canción con la Biblia en la mano izquierda y la derecha levantada en alto. Parecía una congregación de monjas hippies. El sol les estrechaba la mirada, pero no lo suficiente. Llevaban mucho tiempo sin hacer el amor y se les notaba desde las pestañas hacia abajo. La líder, una tal Rosalía, sencilla y gorda, accedió a charlar conmigo en un banco, a diez metros de la casa. Tuvo la cortesía de no preguntar a qué venía. Ofrecía tertulia al viajero como antes agua en las posadas.

Mencioné el nombre de Lorena González y me agasajó con una sonrisa prolongada de dientes podridos.

—Si la hubiese visto, Augusto... cuando llegó hace dos

años... —soltaba una frase de puntos suspensivos y se mordía el labio inferior—, apenas nos creíamos que fuera yonqui. Parecía una niñita de pipas en la mano... —labio mordido—. Todas la mimábamos... pero se fue. —Menos mal, porque se iba a triturar el labio—. Volvió al poco tiempo y ya nada era igual. El Señor lo advierte: «quien haya conocido mi Palabra y la abandone, sufrirá mil veces más que quien no la conozca nunca». Les pasa a casi todas, se sienten un poco fuertes y se van. Él es el más grande, todo es nada a su lado... —mordedura al canto—, Augusto.

No hacía ni diez segundos que me presenté como Augusto Rejano y ya me nombraba como si hubiéramos compartido frigorífico toda la vida. Los golfos, sobre todo los golfos que tratan de enmendarse, conocen mucha psicología primaria, creen en el efecto de los nombres propios.

—¿Quién venía a verla, Rosalía?

—Su madre, un tío con barbas y un chavalín de su edad que le traía una rosa todas las semanas.

—¿Un tal Fidel?

—Sí, creo que se llamaba Fidel. Lorena tenía una foto de él en la cabecera de su cama. Me senté un día a su lado y me confesó que rezaba por desengancharse y volver con el chico. Pero mientras estuvo aquí conoció al Rubiales, un chaval muy guapo que se rehabilitaba en la granja de hombres.

—¿Y qué pasó entre el Rubiales y Lorena?

—Se partieron la cara juntos.

—¿Cómo...?

—Que se fugaron, Augusto, se fueron con el dinero de vender nuestras estampas.

—¿Hace cuánto?

—Tres meses. Él volvió, se recupera en una granja que hay siguiendo la carretera abajo.

—¿Hubo alguna razón para que Lorena se fuera?

—La sorprendimos un día con un cigarro en el cuarto de baño. Llevaba nueve meses en la granja, había pasado el calvario del mono, había ayudado a muchas drogadictas a salir adelante y se había enganchado a la Biblia como una santa. Era claramente mi mano derecha, el referente espiritual de muchas chicas. De pronto, la pescamos con un cigarro en el lavabo. —Debió de ser como si cogiesen al vicepresidente del Gobierno robando unos calzoncillos paqueteros en El Corte Inglés—. Lorena introdujo todas sus pertenencias en una bolsa de deporte y yo le pedí que por favor recapacitara un momento, que no se fuera.

—Piensa no sólo en ti —le pidió la líder—, algunas se vendrán abajo y nos dejarán. Medita bien el daño que puedes hacer si sales por esa puerta.

—Saldré por la ventana entonces —le contestó Lorena aquel día.

—Piensa en Dios que está allá arriba mirándonos, piensa en nuestro Señor. Un cigarro para ti son sólo treinta días fregando platos. No ha sido caballo ni coca ni hachís, veinte días si quieres. Todos los hermanos lo van a comprender. El Señor sabrá perdonarte.

—Lo siento, me voy. Tengo que ver a mi novio y a mi madre.

—Sabes de sobra que ésa es la excusa de siempre. Los hijos, la madre, el marido...

—Sí, pero me voy.

—Volverás, sabes que volverás.

—Ahora me voy, eso es lo único que sé.

Ésa fue la escena entre Lorena y su líder, según me relató ésta. Pero lo que de verdad sucedió entre ella y mi hijo lo sabría el Rubiales, el chaval con quien se partió la cara y al que abandonó a los tres meses. El Rubiales era el hombre con quien el Lector trataba de impedir que yo hablase. Pero el Rubiales estaba en la granja de hombres, a muy pocos metros de mí, y había muy pocas cosas que pudiesen pararme en ese momento.

—Aquí, amigo mío, no tenemos tele.

En la puerta principal colgaba una hoja con las labores asignadas para cada uno. A unos cuantos les tocaba rastrillo, ir por las casas recogiendo muebles viejos y llevarlos a un mercadillo de Alcalá para venderlos, a otros les tocaba recabar los alimentos, dulces, yogures, y pan de molde que muchas tiendas les regalaban recién caducados, a otros, tirar los escombros cuando les llamaban desde algunos pisos de Alcalá, y a quienes habían sido sorprendidos con una colilla en la mano o un taco en la boca, les aguardaban los platos sucios. Al Rubiales le tocaba descansar.

El líder quería conducirme hacia la habitación del Rubiales sin que me perdiera ni uno sólo de los detalles de la granja. Porque esto lo hemos levantado con nuestras manos, amigo, aquí no tenemos tele que pervierta nuestro pensamiento, fíjese, todo con nuestro trabajo. En las paredes, las fotos de las madres, de los hijos y de las novias, en el suelo, olor a lejía, y en los armarios, la Biblia. Llevaban meses sin poder decir coño, tío, colega, cabrón o hijoputa y, al menor descuido, los que anduvieran más cerca debían soltarle una colleja. Se me escapó un coño y me miraron como si preguntara por la Dolores en un entierro de Calatayud. Tampoco podían cantar canciones que no fuesen evangélicas. La violencia de las manos, el contoneo de hombros, el arrugue de cejas con que se arrancaban antes de forma despreocupada por cualquier canción de Los Chichos, lo aplicaban ahora, mientras recogían hierbajos o tendían sábanas, entonando Dios nos está llamando a la guerra, hummmm, hummmm, Dios nos está impulsando hacia fueraaaa, acudiremos al llamado del Señooor, tomaremos las armas que él nos preparó. Cerraban puños y apretaban dientes.

Me condujo ante el Rubiales sin preguntar para qué lo quería. Estaba tendido en su litera con las sagradas escrituras encima de un pecho tatuado. Madre aquí te llevo, se leía en lo alto de un pectoral como el culo de un plato.

—Rubiales, no tengo mucho tiempo, me llamo Augusto Rejano y quiero saber todo lo que te ocurrió con Lorena y con mi hijo Fidel.

—Igual no le gusta lo que le diga.

No me gustó, efectivamente. Y esto fue lo que dijo:

—Al escaparnos de la granja, Lorena me prometió que sólo deseaba saludar a Fidel, darle un besito de hola y adiós, porque no quería pringarlo en asuntos de droga, pero tenía que saludarlo. Me pidió que la acompañara al colegio de Fidel para darle un abrazo, me prometió que un abrazo y nada más, hola y adiós. Usted no se imagina de qué manera se abrazaron. He sido muy bruto en mi vida, pero siempre intuí cuándo sobraba en algún sitio. Así que solté en el suelo, sujeta a una piedra, la mitad de la pasta que compartía con Lorena, di media vuelta y dejé a los dos tortolitos abrazados. Al cabo de un mes encontré a Lorena y me contó todo lo que les había sucedido desde entonces. La misma tarde en que se encontraron se fueron a pillar caballo a la plaza de Benavente. Y de allí, andando, al hotel Palace. Pagaron una noche, y a la mañana siguiente, pagaron la otra, y después, otra noche. En tres días no salieron de la habitación. Por lo visto fue cerrar la puerta y no dejar de pecar con sus cuerpos.

Al fondo se escuchaba al líder dar las gracias por estos alimentos, Señor, y por alejarnos de los malos rollos, Señor, y por permitir que hayamos conseguido las vigas para la nueva granja de las chicas, Señor. Los otros chavales coreaban las palabras del líder con muchos sí Señor, sí Señor, pero el Rubiales, a medida que hablaba se iba despojando del aparataje bíblico.

—La última noche, cuando se metieron el último gramo y no les quedaba dinero, Lorena le dijo que podría ligarse a un tipo rico en Joy Eslava y sacarle toda la guita en una semana. Se maquearon lo mejor que sabían. Pero al llegar a la discoteca se les vino el mundo encima. Con todo lo guapa que era, con todo ese cuerpazo que Dios le ha dado, Lorena sólo era una entre quince o veinte mujeres impresionantes. No sé qué se creían los dos tortolitos que se iban a encontrar allí. Fidel alucinó en colores cuando se le vino un menda a decirle que si no le importaba a él y a su chica que los invitara a una copa. Por lo visto, el fulano parecía simpático y vestía bien. Lo saludaba mucha gente. Les habló de ir a otra discoteca en un carro que parecía de cómic. Lorena me contó que al tío quien le camelaba era Fidel. No le quitaba ojo a su hijo. Y llevaba de todo en el coche, desde perico colombiano hasta éxtasis holandés. Creo que rularon por todas las discotecas de Madrid.

De todo lo que Lorena contó al Rubiales y de lo que el Rubiales me contó a mí, se desprende que aquella mañana, cuando Madrid se inundaba de automóviles, Lorena, Fidel y el nuevo amigo desembocaron extasiados en un chalé. La puerta principal se abría desde el Jaguar. Se tendieron en una cama y charlaron sobre la gente rica, la gente pobre, la corrupción política, que esto es una mierda, decía uno, que no, que no, que tiene solución, que todo la tiene, le corregía la otra. Y el anfitrión no dejaba de sonreír.

—Pero cuando el ricachón quiso tocar a Fidel, su hijo le advirtió que no lo intentara, y no pasó nada.

El anfitrión se dio arte y maña para que todo discurriese de forma natural. No pretendió convencer a Fidel hablándole de falsos prejuicios ni de la atracción de lo desconocido. Se tomaron unos valium y despertaron a la una de la madrugada del día siguiente.

—Un calvo alto y fuerte que parecía hermano de Frankenstein vino a darles las buenas noches cuando se despertaron a la una de la madrugada siguiente. Por lo visto, era el padre del chavea.

El padre se mostraba complaciente con las amistades de su hijo. El niño quería risas, una parte de la casa para él solito, con los Mondrian, los Juan Gris, y algún que otro Dalí de testigo. El padre no molestaba.

—Sólo tenía un brazo, pero con él les trajo una bandeja con zumos de naranja, tostadas, huevos fritos, y pasteles.

No podía tratarse de nadie más. El Manco se sentó en el borde de la cama y empezó a darles cháchara para que los otros se relajaran. Pasaban los días y todos tan a gusto, se iban a la sierra para correr en motonieves.

—El padre del chavea congenió muy bien con Fidel, pero su hijo se fue a la semana porque decía que su madre se iba a mosquear mucho si no volvía a casa. Lorena se marchó con Fidel. Y eso es todo, amigo. Cuando encontré a Lorena ella ya había partido las peras con Fidel, no se hablaban, y me dijo que Fidel había vuelto a clase y estaba intentando desengancharse.


Por la carretera vi avanzar un coche que frenó estrepitosamente. Se bajó Miguel, el tutor de mi hijo. Venía corriendo hacia mí. Había llamado a casa de Lorena y allí le habían puesto sobre mi rastro.

—¿Qué pasa? ¿Mi hijo?

—Sí. Un tipo con nariz de boxeador ha entrado en el colegio y de dos puñetazos lo ha noquedado. Se lo ha llevado en un coche. He llamado a Irene. ¿Adónde vas?

—A casa de Irene. Regresa al colegio y procura que la cosa no trascienda. Corre la voz de que ya se ha solucionado la historia, que había sido un malentendido.

# 13

Cuando entré en mi Seat 131 marqué el número del Manco.

—Eres el mayor cabrón que me he echado a la cara —le increpé.

—Nadie lo va a negar.

—Sabías de sobra que Lorena es la que le está cortando los dedos a tu Bartolo, al menos está implicada, lo sabías.

—Escucha...

—...querías conducirme hacia mi hijo para que él presionara a la chica.

—Escucha...

—No, escucha tú, Manco. La voz que te comunicó por teléfono lo del secuestro no era la voz de hombre bronca y dulce a la vez, como me dijiste, sino la de la niña que me amenazó, ¿verdad?

—Verdad.

—Sólo cuando el jefe superior te llamó para decirte que una vocecita de niña me había dicho que dejara de investigar, que el asunto me podría costar caro, sólo en ese momento me llamaste para que abandonara el caso. Pero era demasiado tarde. Porque para entonces, a mi hijo también le habían llamado. El resultado es que me lo han secuestrado, la niña de los cojones y su compinche el del ordenador, si no es la misma persona.

—Mira, Augusto, no tengo ya por qué mentirte. El Maqueijan que conocí ni siquiera se apodaba Maqueijan. A tus espaldas te llamaban Enano, Zambo o Negro, pero lo de Maqueijan, que creo que fue por una serie de la tele, te lo colocaron los de la *Pringue* cuando yo ya había colgado la gorra. Quiero decir que aunque lo pretendiéramos yo no podría recuperar tu amistad porque no eres el mismo. Aún así, trataré de que las cosas queden claras por el mero hecho de dejarlas: tu esposa estaba enrollada con su hermano Luis. Él mismo me lo confesó después de que lo viese con Irene besándose en la Casa de Campo. Por mucho que te duela te diré más. Oye, oye, ¿estás ahí?

Pasé por el túnel de la carretera de Barcelona y se cortó por un momento la comunicación. Quería seguir escuchando, aunque me comunicasen mi propia muerte no hubiese cortado la conversación.

—¿Estás ahí? —volví a escuchar su voz—. Parece que se ha cortado la línea.

—Estoy aquí —le respondí—. Continúa.

—Te he echado mucho de menos, me he arrepentido muchísimo de todo. Quería saber de ti porque necesitaba seguir sabiendo de ti. Pero cuando recibí los dedos, temí que si te contaba todo lo que conocía de tu hijo, lo apartarías de esto, te lo llevarías de vacaciones fuera y nadie podría ayudarme a parar a Lorena. Sé que no quieren sólo el dinero, lo sé, lo sé.

—¿Qué quieren entonces? —le pregunté.

—Si lo supiera iba a andar yo así.

Lo sabía de sobra. Me estaba ocultando algo desde que me llamó, algo que a él le habrían exigido por teléfono, algo más que dinero, más que orgullo y más que palabras.

Irene estaba tan sola en su casa como cuatro millones de personas en un descampado. Madrid y el marido, de viaje. La vi un poco vieja, no madura, vieja. Las arrugas al sonreír formaban una red entre su vida y la mía. Me lleva trece años y eso termina notándose. Esta sociedad no se creó para disfrutarnos durante toda una vida. Y sin embargo, hubiera sido hermoso hacer el amor con Irene hasta siempre, distinguir el cambio de hábito en su forma de acariciar, apreciar que la misma mujer se excita con distintas sensaciones a lo largo de las noches, retener la metamorfosis de sus gemidos, extasiarse al fin ante la caída del vello púbico como la apoteosis de algo único. Pero hay que nacer artista para disfrutar de todo eso. Ni Irene ni yo lo somos.

Al verme se compuso la bata y se retocó el cabello, levantando una nube invisible de perfume a melocotón en el aire. La vi capaz de cabalgar conmigo de nuevo, capaz de intentarlo y no arrepentirse si saliese mal.

Irene era ahora más que nunca la mujer sensata con quien un hombre puede hacer locuras. Y eso es lo que entiende uno por ilusión.

El pelo rubio, lleno de interrogaciones ondulantes sostenidas por laca, el maquillaje serpenteado de lágrimas, y su cartera en una esquina sucia de sumarios. Hubo un tiempo en que me dio por burlarme de ella utilizando el lenguaje jurídico. Voy a alzar un recurso de amparo ante las tetas de otra tía si no te acuestas ahora mismo conmigo, te conmino a que me hagas una tortilla, y ella me decía no ha lugar, o que enviase una comisión rogatoria a la cocina en el plazo de cinco minutos hábiles o desestimaría el recurso. Irene sabía cuánto me gustaba oírle soltar a los clientes tecnicismos casi incomprensibles. Cuanto más cargados de sílabas, más subyugantes. Yo era el marido de la cupletera que exige canciones en la intimidad.

Se echó en mis brazos a llorar y no paraba. Cuando dejaba de gemir decía ¿por qué, Dios mío, por qué le pasa esto a nuestro hijo, por qué?

Con las manos aún en mis hombros, Irene se apartó para mirarme. Sus ojos perdonaron de un fogonazo todo lo que mi cara no se había perdonado en tantas noches de culpa, cama y whisky. Bizqueaba más que cuando la encontré tan deliciosa frente al espejo de la cafetería de Princesa el día que me licenciaban. La niña de su ojo intentaba ahora salirse de la tragedia que nos envolvía, como si quisiera escapar de tanta maldad. Todo el ojo parecía un precioso intermitente azul que aparcaba una lágrima oronda en el lado izquierdo de su conciencia.

No podía vivir un segundo más sin preguntarlo.

—¿Fidel es hijo mío o de Luis?

Dejó de acorralarme con las manos, se secó la cara de un pañuelazo y miró hacia el suelo.

—¿Cómo te atreves a sacar otra vez el tema? Precisamente ahora.

—Ya tardas en contestar.

—¿Cómo te atreves?

Mi mirada la asustaba, pero acumuló arrojo:

—No lo sé.

Debería dejar dos o tres pantallas en blanco para reflejar exactamente lo que ocurrió durante al menos un minuto que estuvimos sin decir nada, cada uno mirando Dios sabe a qué lugar recóndito de la memoria. Por mi parte, no pensaba nada de nada, tan sólo que el sillón donde estábamos sentados era negro, el batín de Irene rosa y el techo donde decidí apuntar con los ojos, muy blanco. Entonces lamenté más que nunca haber matado al hermano. Y sentí que ella podría volver conmigo, lo vi factible.

Por la ventana se veía El Retiro, el tedio de un día cualquiera ahogándose en el lago. Sobre una mesa de cuatro metros de largo descansaban algunas fotos mías con Irene y el chico. A la Científica le encantaría tener un hijo conmigo, lo sé, pasearlo por el zoo, descubrirle gestos míos cada tarde y envejecer conociendo su primer día de clase, las primeras novias y todo eso, pero la Científica perdía todo su encanto cuando hablaba de vivir juntos. Y con Irene sucedía lo contrario. Irene fue la única mujer donde encontré un hueco de noche entre el hombro y el cuello para acoplar mis complejos, mis frustraciones, mis frases de mañana-le-voy-a-decir-a-éste y le-tenía-que-haber-dicho-al-otro, un sitio donde derramar todas mis chinchetas para que se quedaran tan ricamente rodando por esa curva hasta que yo cogiese el sueño sin dejar de abrazarla.

El teléfono sonó en mi bolsillo como un bomba.

—Hola, Pati.

—Hola, puti.

—Ohhh, cariño, no te enfades, a Fidel no le va a pasar nada.

—¿Dónde está?

—Sssssss, tranquilito, ¿eh?, que no tengo el coño para ruidos. Haz lo que te digo y deja las preguntas estúpidas para otro día.

—¿Qué quieres?

—Estoy ahora mismo en el Vip's de López de Hoyos. Tengo algo para ti, ven enseguida.

—¿Cómo vas vestida? No nos hemos visto nunca.

—Estaré donde las revistas. Me vas a reconocer. No mires en tu Alma porque no encontrarás nada.

Efectivamente, ningún mensaje.

## 14

He naufragado demasiadas horas por los Vip's de Madrid. Conozco hasta a los mendigos que hay en cada una de sus puertas. Me sé los horarios con que se turnan y hasta la cantinela que sueltan cuando tienden la mano, siempre una pensión por pagar, el paro desde hace un año o las ganas de comer, hoy por ti, mañana por mí, caballero, chavalote, una limosna. Distingo entre los yonquis y los alcohólicos, y les doy dinero a los dos especímenes cuando entro y cuando salgo. Siempre me detengo a pensar cuánto de egoísmo hay en mi soledad, de no compartir errores, enfermedades o siestas, y cuánto de soledad en mis propinas, de ayudar al próximo no para tranquilizar mi conciencia, tampoco para echarles una mano en el suicidio, sino para llenar de sentido tanta misantropía. Esta vez renuncié a la gimnasia espiritual, aparté al mendigo de un manotazo, le tiré sin proponérmelo el recipiente con las monedas y entré como el malo en el salón. En la sección de revistas abrevaba una acémila de metro ochenta y algo, vuelta de espaldas, con cazadora roja, botas de militar y minifalda negra; rubia, como mandaban los cánones del género impuesto por el Lector. Si tenía que vérmelas contra aquello, prefería desfogarme primero en el servicio. Lo llegué a sopesar seriamente, luchar en igualdad de condiciones, pero se volvió al instante, con una revista que le tapaba el rostro. Me habría visto entrar por los espejos. En la portada se apreciaba una montaña de nieve. Bajó muy lentamente la revista hacia el escote vertiginoso y descubrió los ojos. Inaudito. Surgía frente a mí el sueño, el sueño, el sueño, la misma mirada cachonda de aquí-estoy-porque-he-llegado, el mismo verde color polo de menta, de los polos camino de la escuela, que tantas veces intenté asir entre copos, sábanas blancas y pesadillas. Continuó deslizando la revista y mostró la nariz pequeña moteada de pecas, los labios de niña que descubrí anoche cuando el jefe superior llamó a casa. Tiró el ejemplar en un montículo y avanzó con un cuerpo tan rotundo que hacía pensar en helados derretidos, finales de siesta, olores apenas intuidos... lo efímero, en fin, de todo lo bueno. La niña podría adquirir más adelante ademanes femeninos tan sutiles como cargados de seductora inteligencia, podría modular unos andares, un vocabulario, un espíritu elevado, pero con el cuerpo lo había dicho ya todo. Me golpeó con dos besos en las mejillas. Y adornó el gesto con involuntaria flexión de piernas y encorvamiento de espalda.

—Soy, sobre todo, Lorena González —la vocecilla resacosa del teléfono—. ¿Podemos tomar unas tortitas?

Me tomó de la mano y dio unos pasos hacia adelante como si fuéramos a jugar al corro de la patata.

—Sígueme —me apremió—, vamos a la zona de fumadores.

Retiré mi mano bruscamente, pero ni se inmutó, siguió delante de mí como una niña en la feria, ahora me paro, ahora no me paro, mira el de Mecano, mira ahora, mira, mira, mira ahora, puedes mirar, fíjate en el osito ese, parece de verdad, que ya me he puesto el maquillaje, je, je, daba saltitos y se le marcaban las pantorrillas, pero el que tengo

ganas de escuchar es el de Kiko Veneno, oh, cómo me gustan los libros, me los llevaría todos a casa, mira, mira, mira,
mira, ahora. No sé si se había fumado un chino minutos
antes, parecía demasiado excitada para haberlo hecho, pero
llevaba en la mano derecha el color negro que deja el papel
de plata y la heroína.

Nada más sentarnos me repuse:

—¿Dónde está Fidel?

—Tranquilo, tranquilo.

Soltó un resoplido de impaciencia y cambió de tema:

—Oye, Pati, ¿a que me parezco mucho a la chica de tus
sueños?

—Se ve que el Manco te ha contado muchas cosas de mí.

—Me daba mucho la vara el cabrón. Decía que yo era
clavadita a tu musa, que ojos como los míos no hay muchos —cierto, eran verde metáfora, aptos para adaptarse a
cualquier comparación y volverse tan azules o grises como
el deseo de quien los mirase—, que pasara de acostarme
con Fidel y me fuera contigo.

—¿Conoce el Manco a mi hijo?

—No, pero sabe que yo sí.

—¿Cómo me has reconocido?

—Bueno, no hay muchos paticortos con bigote.

—No estoy para perder el tiempo con aprendices de puta.

—Oye, oye... controla, colega.

—Ni siquiera sé si realmente pintas algo en la historia.

—A ver si esto te sirve de pista.

Cogió una servilleta, sacó un bolígrafo aplastado en alguna parte, quitó el capuchón con la boca y escribió:
«Ahora se va a parecer al padre.»

Se me quedó mirando como si hubiese aprobado un
examen con sobresaliente y la tuviese que felicitar. No soy
ningún calígrafo pero, en principio, se trataba de la misma

letra. Unas vocales que chupaban mucho, con lo cual, según mi amigo Carlos, se reflejaba que la autora tenía una gran capacidad de aprendizaje, una manera de comenzar a escribir demasiado alejada del margen izquierdo, cosa que denotaba su poco apego al pasado, a los padres y a sus raíces, y sobre todo, unas palabras cargadas de automatismos, lo que según Carlos significaba que al anónimo escritor le importaba un carajo que lo descubriesen. Y según el Manco, que era un chulo, un chulo listo.

Y allí continuaba la chula, abrasándome con la frescura de sus ojos.

—Espera un momento —me pidió—, esto te refrescará más la memoria.

Se abrió la cazadora, sacó pecho y del bolsillo interior extrajo una especie de choricillo húmedo y rojo liado en una servilleta. Lo puso encima de la mesa.

—¿Otro dedo?

—¡Premio! El cuarto y quinto dedo. Cógelos, los he traído para ti.

—¿Dónde está mi hijo? —insistí mientras guardaba los dedos en la chaqueta.

—No arrugues la frente, tranquilo, a Fidel no le va a pasar nada, lo quiero yo más que tú. Pero eso sí, te tienes que quedar aquí quietecito en el Vip's. Tú enciendes el ordenador, y aquí tranquilo hasta que chapen esto a las tres de la madrugada.

—O sea, hasta que terminen las carreras y el Manco haya soltado los quinientos kilos, ¿no?

—Premio, ha ganado usted un millón de puntos, la lavadora y el pase a semifinales. ¡Camarero, por favor! —Levantó el índice derecho—. Me trae unas tortitas con sirope de chocolate y al señor un whisky doble.

Tenía demasiadas cosas que preguntarle. Quién se había llevado a Fidel, quién estaba ahora mismo con Bartolo, por qué pedían tanto dinero, por qué ese odio tan negro, por qué cortar los dedos al chaval antes de que expirase el plazo, cuál era exactamente la relación de ella con mi hijo, la de ella con el Lector, y la del Lector con todos nosotros...? pero debía andar con mucho tino. Al menos sabía que ella se sentía increíblemente orgullosa de sus ojos, de la situación en general.

—¿Cómo te dio por Fidel?

—Yo qué sé... tonteando, jugando a las peleas... ¡Qué demasiado, aquellos revolcones! No te lo creerás, Pati, pero hasta hace poco menos de un año le ganaba yo, terminaba siempre encima de él.

—Será porque él quería.

—No, qué va, qué va, que es que yo era más fuerte. Soy muy torete, hombre. Toca, toca aquí, mira la bola que saco.

Se arremangó la cazadora y encogió el brazo. Muñeca fina, bíceps gordo y venoso.

—Hombre Pati, le ganaba si él no tiraba de los puños, porque ya sabes que entrenaba hasta hace poco en un gimnasio. En plan lucha sin puñetazos, no me podía.

—¿Qué pasa entonces, que el caballo te ha debilitado?

—Eso y que él se ha desarrollado y ha echado más cuerpo. —Se comió media tortita de un bocado. Por un momento su cara parecía una pelota de fútbol sala.

—¿Tú lo enganchaste al caballo? —medio pregunté, medio afirmé.

—Yo me he enganchado, él se ha enganchado, nosotros nos hemos enganchado... pretérito perfecto. Yo no puedo morirte, tú no puedes salirme, nadie puede engacharnos. No busques culpables.

—¿Quieres las cien mil pesetas que te debe?

—Para ti. Si hay suerte, no me harán ninguna falta dentro de unas horas.

—¿Hubo suerte hace dos noches? ¿Ganó o perdió Bartolo? —Me acordé de la singular apuesta de la que me habló la Trini—. O lo que es lo mismo: ¿tuviste que acostarte con todos o se la chuparon a Bartolo?

—Continuará.

Llegó el camarero. El whisky ni lo miré.

—Bebe Pati, que yo sé que tienes sed.

Fumaba y comía a la vez. Me echaba el humo en la cara con disimulo. Se sentía cómoda en su papel de niña fatal. Hasta tosí como si me molestara el tabaco por si eso la hacía más feliz y confiada.

—Te gusta más Bartolo que Fidel, ¿no? Te van los morenos, ¿verdad?

—Bartolo es un tío interesante, se tira el moco de poeta y después le echa huevos al asunto. No sabes con qué valor nos hace cara. Pero te veo venir, Pati, no me vas a sacar nada que yo no quiera.

—Lo sé. Cuéntame sólo eso, cómo ha aguantado el chaval.

—Bebe, hombre. —Hablaba con la boca llena, un lunar de sirope en la barbilla—. El Manco decía que tu vida se resume en un vaso de whisky.

—Gracias, dile si lo ves que la suya se resume en un chalé.

Me sentí bastante orgulloso de mi ocurrencia, aunque ella no fuese el público idóneo para juegos florales.

—No sé cómo ha reaccionado Bartolo —continué—, pero si hubierais cogido al Manco, habríais visto lo que es un tío aguantando el dolor.

—Hombre, Bartolo al principio creía que las amenazas eran un farol y nos vacilaba bastante, iba de duro el chaval.

Cuando le pegamos el primer hachazo se quedó mudo, pero no vayas a creer que el tío se vino abajo, qué va, decía que lo matáramos, que si salía de ésta, nos mataría él. No quería ni que le vendáramos aquello. O sea, que le pegamos otro cortecito, esta vez en dos dedos. Se nos desmayó, qué guapo estaba el maricón. Y con estos dos tajos, pues mira, se ve que le ha cogido gusto y ni se nos ha quejado. Ni un insulto, oye. La pena es que le van a tener que comprar un esquidú especial para mancos.

—Lorena, necesito hablar con mi hijo para quedarme tranquilo, necesito saber que se encuentra bien.

—¿Es que no me crees? Di, ¿no confías en mí? Sólo he venido para tranquilizarte y decirte que te estés quietecito, que todo saldrá bien. Se le pasó un poco la mano al bruto que se lo llevó del cole, pero no es más que un puñetazo, se cura en dos días. Ahora, si no tienes más tonterías que decir, me piro. Hay cosas que hacer.

—De aquí no te vas. —La sujeté por el brazo y endureció el bíceps.

—¿Lo vas a impedir?

—Con esta servilleta que has escrito —la guardé en mi chaqueta— te llevo ahora mismo a comisaría.

—¿Y qué? —Tiró de su brazo y la solté—. Por si no lo sabes voy dos cursos adelantada en el colegio.

—¿Eso le vas a contar a la policía?

—Lo que le voy a contar es que a pesar de compartir pupitre con Fidel tengo sólo quince tacos. Hasta los dieciséis años menos un día puedo comerme todos los secuestros y asesinatos que quiera. Sabes que como mucho pagaría dos años en un reformatorio. Y sin embargo, tú te juegas la vida de tu hijo. Ahora mismo hay alguien que nos está observando, no creo que le gusten estos gestos tuyos, no me vuelvas a agarrar. Si sales de aquí, si haces por coger el teléfono, aunque suene, lo matan. Así que tú verás. Y deja ya de toser. Apestas a puro, ¿cómo te va a molestar mi cigarro?

Desde que entro en un sitio ficho a toda la gente. Y no reparé en nadie del local que nos mirase con especial interés. Aún así, me puse las gafas de sol para buscar a nuestro celestino. El Vip's es como un simpósium de soledades, lo más parecido a una academia de detectives. En cualquier restaurante del mundo un tipo cenando a solas amenizaría los comentarios de los demás. Allí, a partir de las doce de la noche, nada es extraño. Pero a las seis, el paisanaje no guarda relación alguna con la madrugada. Colegialas en mesas semicirculares, viudas contándose sus cuitas, parejitas de novios compartiendo apuntes, cigarros y meriendas, gente sedentaria esperando la hora de reportarse ante la tele, padres divorciados de sus mujeres, de sus padres y de sus hijos. Al Vip's, pensándolo bien, le falta, al lado del laboratorio de fotografías, un abogado especialista en separaciones, con su toga, sus libritos de cubierta negra y su secretaria. De manera que puedas entrar casado con tu cónyuge y salir divorciado, con el periódico del día siguiente en la mano. Aquella tarde no había ningún divorciado, nadie especialmente atento a los demás, ni un supuesto borracho o algún camarero lejano. No obstante, debía cerciorarme. Incliné el cuerpo hacia ella y comencé a confesarle en plan tierno todo lo que Fidel significa para mí, la desazón que sentí cuando me dijeron que el chico era un yonqui, la ilusión que me haría verlo feliz al lado de ella, sin ningún rollo de heroína, porque tú, ¿verdad, Lorena?, también te vas a desenganchar, una chica tan guapa, tan inteligente, no puede echarse a perder de una forma tan vulgar, Lorena, créeme, eres la mujer más guapa que he visto en mi vida, porque el Rubiales decía que en Joy eres una más, pero no estoy de acuerdo, no hay nadie como tú. Puse cara de luna de miel en el parador de Cuenca. Conforme hablaba me iba acercando más y más, a través de las gafas escudriñaba hasta el último rincón del restaurante. Con mi mejilla pegada en su hombro le puse la mano en la vagina.

—¿Pero de qué vas, so feo?

Nadie en el Vip's parecía extrañarse, nadie. Un hortera con pasta pellizcando a su putilla, es lo más que pensaría alguno. Estaba claro que me había mentido, ni Dios vigilaba.

—¿Por qué no llamas a nuestro espía? —le propuse—. Aunque no sé qué le vas a decir. No he infringido las órdenes, ¿verdad? Estoy aquí, sin moverme y sin coger el canuto. Cuéntaselo al Lector cuando quieras.

—Uyyy, ¡qué hombree más listoooo...! —Se abrigó el cuello con la cazadora como si fuera una toca. Imitaba la entonación de las viejas—. La virgen, qué tío más listooo, ¡cómo me ha cazaooo...!

Cuando iba por el segundo punto suspensivo la tomé del cuello y la besé. Pretendí que fuese algo sucio, baboseo torpe, mi bigote correteando por su cara como una enorme cucaracha, la mano de antes ahora en una teta, los ojos casi estrábicos escaneando hasta por debajo de las mesas. Si había alguien mirándonos, al menos se quedaría algo extrañado. Pero la niña me quitó las gafas, impuso su lengua sobre la mía, paseó la mano por mi torso y la aplastó contra mi perineo. Sabía moverse con soltura por el cuerpo de un hombre, muchas putas no aprenden en la vida.

—Te gusta, ¿eh?, dime que te gustan mis tornillitos, anda.

Me sentí como una beata violada por un barbudo idéntico a su imagen de Jesucristo. Sentí, por pura impotencia, hasta ganas de llorar. Me excitaba, me calentaba y eso me volvía cada segundo más impresentable. Si reaccionaba bruscamente, Fidel podría pagar las consecuencias. Subió a horcajadas encima de mí y siguió besándome como si estuviéramos sentados en el banco de un parque. Ahora nos miraba casi todo el mundo. Pa chula yo, ése era el mensaje.

—De verdad —me propinó un cachete en la mejilla—, tienes que cuidar la carita esa de tonto que se te queda. —Se bajó de mí como de un poni y se alisó la falda con dos tirones—. Voy un momento al baño, vuelvo enseguida.

Tardé tres segundos en reaccionar. Se percató de que la seguía, saltó un tabique de libros y aligeró el paso hacia la puerta. Había saltado con gracia, sin llamar excesivamente la atención. Si eso mismo lo intenta otra chica o el cachas de turno, los detendrían creyendo que habían robado. No la pararon al verla correr, ni a mí tampoco, apresurado detrás de ella, protegido por su halo de impunidad. Ahora que caigo, nos fuimos sin pedir la cuenta. En la calle, la persecución fue tan corta como contundente. En menos de veinte metros me sacó diez. Antes de perderla de vista la minifalda se le había subido hasta la cintura. Estaba algo loca, pero tenía estilo corriendo.

Creo que no mentía cuando me dijo que quería a mi hijo, y sin embargo, no podía fiarme de que sus cómplices no lo tocasen. Conseguí respirar hondo y llamar al colegio de Fidel. Pregunté por Quique, el amigo de mi hijo. Tardaron en localizarle el equivalente a unas dos mil pesetas de teléfono móvil.

—Quique, soy Augusto. Oye, antes que nada, cuando cuelgues, no digas a nadie que te he llamado, ¿estamos? Ahora, contéstame a una cosa: ¿has visto cómo se llevaban a Fidel?

—Claro, como que el tío me ha pegado un piñazo que me han tenido que taponar la nariz.

—¿Ah, sí?

—Repartía que daba gusto.

—¿Tenía el menda la cara un poco hinchada, como si le hubieran pegado a él?

—Puesssss sí, ahora que lo dices, sí. Más que la cara, la frente, como si le hubieran pegado un leñazo en toda la cuerna.

—Perfecto. Quique, yo no te he llamado, ¿eh?, ha sido uno de tus muchos cuñados, ¿vale? Como tienes tantas novias, a nadie le extrañará que te llame un cuñado, ¿no?

—Afirmativo.

Después telefoneé a la Iglesia de Carlos.

—Padre, te necesito.

—¿Dónde estás?

—Eso no importa, quiero que vayas lo antes posible al Metropolitano, ¿puedes?

—Estaba preparando la misa de las siete. Pero no importa, allí estaré.

Renuncié a mirar el ordenador. Si había algún mensaje, ya sabía lo que me iban a ordenar. Que dejara el caso.

# 15

Dentro del coche recibí el regalo que la ciudad deja caer a veces en los ojos de quienes saben mirar hacia arriba, más allá de los atascos kilométricos que se forman con las propias cavilaciones.

Cuatro arañazos sangrientos en forma de nubes lastimaban dulcemente al cielo.

Eran la firma en una carta de despedida que el sol dejaba a esa hora, eran sus lágrimas en la marcha hacia otros cielos menos gloriosos, eran el resbalón callado de un gato al que echaban de la falda. Sentí un frío agradable en la cara y me acurruqué con la chaqueta detrás del volante como si quisiera hacer el momento más mío, me subí la solapa hasta el cuello como cuando se lee en la cama, con la manta por la nariz, un libro que nos gusta mucho. Y con esa sensación de recogimiento llegué al Metropolitano.

En la puerta del gimnasio había un Nissan manchado de sangre. Pregunté por el monitor de Bartolo Sanabrias. Tras un rato mirando fichas, el relaciones públicas determinó que Bartolo era uno de tantos chicos con la lección aprendida: se hacen sus circuitos particulares, sus repeticiones, charlan sobre la conveniencia de la sauna o el baño turco, se duchan y se van. Gente que dispone de gimnasio en casa pero que acude allí por charlar un rato y hacerse ver. El Metropolitano. Ahí fue donde le echaron mano al niño, lo dijo el Manco, justo al salir del gimnasio. Caminé hacia la sala de boxeo en busca de mi hombre y, en efecto, allí estaba el gorila del Adagio conversando con el saco. Me acerqué por detrás, le toqué la espalda y se volvió confiado. Llevaba la frente hinchada del cabezazo que le metí contra el Nissan.

—¿Te importaría que charlemos un minuto? —le pregunté.

Se dio la vuelta sin decir nada, se metió por una puerta y al rato apareció con dos guantes de boxeo.

—Póntelos —esta vez no tartamudeó, se sentía seguro.

Pero andaba yo para retos de gimnasio.

—Sólo quiero charlar un segundo contigo en un sitio a solas, simplemente.

—Ya, pe pe pe pero yyyyo quiero verte pelear antes. A tres asaltos. Si no, de aquí no me sacas como no sea con con con con —guiñaba el ojo, torcía el labio, sudaba ante el olor a gresca— una orden judicial.

Pasó un chaval bajito, fibroso, con la cabeza al rape:

—¿Pasa algo, Metralla?

—Nada —respondió el cachalote— aquí el cocó comisario, que dice qu qu que también sabe boxear.

—Suba, hombre, quítese la chaqueta.

El ambiente parecía sano, suba, suba, si lo más que le va a pasar es que le maquillen los morros de rojo, nadie ha salido muerto de aquí. Me vendaron las manos. Aquello recordaba las peleas de pequeño en el barrio. No hay mayor desigualdad que luchar con un hombre de quince años cuando aún se anda por los doce, me dije por animarme. Cuando me di cuenta estaba subido en el ring, fuera sólo con mis pantalones de Zara, la camisa y la corbata quitada. Para ellos el combate parecía una charlotada, para mí, una encerrona de la que le debía pedir cuentas algún día a mi obcecación por confundir los lances quijotescos con las machadas.

Empezó flojo y me iba dejando sin respiración con la lentitud y meticulosidad de un científico. Carlos apareció al concluir el primer asalto. Me encontró con una rodilla en el suelo y el labio roto. Con su chándal de cremallera en los pantalones parecía el profesor de gimnasia de un antiguo colegio jesuita. Los chavales que presenciaban el combate pedían al gorila que parase, que ya estaba bien, pero él sólo esperó a que me levantara para soltarme un redoble en el estómago. Me sostuve en pie gracias al apoyo de sus puños. Mientras siguiera dándome sólo podía caerme hacia atrás, así que concentré toda mi energía en echar el cuerpo adelante. Carlos pidió el relevo y yo me negué. Quería llegar al menos al tercer asalto. Cuando sonó la campana, mi amigo me aconsejó que lo dejara, que el tipo se daría ya por satisfecho habiéndome dejado en ridículo. Le susurré al oído que no descansaría hasta pegarle un puñetazo.

—Entonces —me adoctrinó Carlos— tienes que enseñarle bien la cara, no te protejas, deja que te castigue, cuando esté cebándose, suéltale un gancho y ya está, lo dejas. No creas que le vas a hacer mucho daño de todas formas.

La primera parte, eso de dejar que me castigase, la cumplí a la perfección. Me daba con la izquierda y la derecha, recreándose, sin querer tumbarme, pretendía que le durase hasta el final para rematarme con la última campanada. Y yo lo dejaba con la esperanza de ver su punto flaco, pero me abrió una ceja que me nublaba la vista. En cuanto se hizo un claro de luz en mi ojo izquierdo le incrusté mi puño en la nariz. Vi cómo brotó su sangre, y una máquina tragaperras que soltara toda la plata de Potosí a mis pies no me habría alegrado tanto, pero aún me pregunto de dónde saldría el derechazo con que respondió. Se me echó encima como si el que le hubiera noqueado y secuestrado al hijo hubiese sido yo. Me tumbó y seguía dándome en el suelo. La gente saltó al ring para sujetarle. Quieto, hombre, quieto, que te vas a buscar un marrón. Y a mí qué. Ya esta bien, Metralla. No, mmmme me cago en la puta, no está bien. Entre otros tres cachalotes no se daban maña para apaciguarlo. Carlos le tamborileaba con la yema de los dedos en el hombro. Cuando el Metralla volvió la cabeza para arrancarle el brazo de un bocado, le preguntó si no le importaba que él tomase el relevo. Los gorilillas dejaron de sujetar al Metralla y el Metralla, mientras descargaba los bíceps en el aire y pesaba con la vista a Carlos, le dijo:

—Teté te advierto quemmm me he animado.

—Yo también. —Carlos volvía por sus fueros.

Hacía muchos años que mi amigo no entrenaba, lo menos veinte. En el ring había un boxeador con ganas de matar y un tipo delgado, de chándal ridículo, con ganas de vengar una paliza. Los amigos del Metralla intentaron convencerlo para que indultara a Carlos, al menos que lo despachara pronto y suave.

Mientras le amarraba los guantes le dije:

—Oye, yo ya tengo lo que quería. El resto lo haré a mi manera. ¿Vale, padre?

—¿Qué te ha hecho ése?

—Que esto no es el barrio, Carlos, ni tenemos quince años para que me vengas a defender, no me ha hecho nada.

—¿Es el matón de la película en que te has metido, no?

—Uno de ellos. Han secuestrado a mi hijo.

Sonó la campana. De las plantas superiores del Metropolitano bajaron casi todos los clientes a presenciar el combate. En total habría unas cincuenta personas, entre luchadores de *full contact*, monitores de aeróbic, chavalas con mallas rojas y amiguetes del gorila que le aconsejaban no te pases, ten cuidado con esa derecha que te llevará a la cárcel, frénate, no te lo comas en el primer asalto.

El Metralla no era tan estúpido como parecía, al menos, boxeando. No se fue derecho por Carlos sino que esperó a ver por dónde saltaba. Pero bajaba la guardia para descubrir la potencia de Carlos y la descubrió. De un trallazo que le metió en la boca se paró el baile del Metralla y el rugido del gimnasio. El gorila se desplomó en el suelo como un andamio. Y se levantó como una pértiga. Su primera intención fue fusilar a Carlos con un croché seco, sin prolegómenos ni concesiones, pero Carlos lo esperaba acariciándose el crucifijo colgado al cuello, y esa chulería amedrantó al Metralla. Frenó en seco y ensayó bailes en torno a Carlos, uno dos, uno dos, tres cuatro, pero Carlos no hacía por protegerse, al contrario, le miraba las piernas como un maestro miraría a su alumno sumar en la pizarra. Uno dos, uno dos, tres cuatro, tres cuatro, y... pumbaaa. El Metralla disparó allá donde un tipo delgado se sobaba el cuello con el guante, pero el tipo delgado desapareció en una leve inclinación de cintura y surgió al instante como desde dentro de los abdominales del Metralla, sacando los dos guantes que le acababa de clavar en el estómago. Esta vez, el andamio no logró levantarse.

El público aplaudió al cura. Los amigos del Metralla le echaban aguita fresca. Me interpuse y les dije que el chaval se había comprometido a charlar un rato conmigo.

—Colega, espérate por lo menos a que se despeje un poco, ¿no?

Esperamos un rato. Le conté a Carlos lo que había ocurrido desde que hablamos en la iglesia.

—¿Seguro que éste no es más que un mandado? —preguntó Carlos.

—No lo sé, pero, de cualquier forma, ha actuado con el consentimiento de Miguel.

—¿El maestro de tu hijo?

—Sí, está loco por Lorena, haría cualquier cosa por ella.

—¿Por qué lo sabes?

—Porque la he visto.

Reaccionó como si hubiera entrado en un servicio público de señoritas, perdonen, perdonen mi torpeza, tos, mirada a los zapatos, sonrisa deliciosamente torpe.

—¿Y adónde se han llevado a tu hijo?

—Me alegra que me haga esa pregunta, padre.

En el ring, las cosas volvieron adonde las habíamos dejado, el Metralla se recompuso enseguida y se acercaba a nosotros. Venía a decir con su contoneo que un mal combate lo tiene cualquiera, pero que cuidadito, que le quedaban redaños para escucharme. Fuimos al servicio, muchos cristales, todo muy aseado, olor a réflex y a eucalipto de sauna. Lo hice pasar con el cañón de la Chunga hurgando en sus riñones a un habitáculo donde sólo quedaba espacio para la taza del váter, su culo encima de ella y mi pistola encima de su cabeza. Cerré por dentro y Carlos se quedó fuera. De vez en cuando se oía gente mear y tirar de la cadena al lado. Le metí la Chunguita en la boca para que no le diese por perder los nervios.

—Debiste haberme dejado entrar en la discoteca. Si te pasaron una foto mía fue para que avisaras de mi llegada, no para montar el número.

Asentía con los párpados porque era la única parte de la cabeza que podía mover.

—Sé que has actuado con el consentimiento del profesor de mi hijo. —Flexiones de párpado en mi honor—. Pero eso no me preocupa demasiado. Ahora dime dónde lo has llevado.

Sudaba y sudaba pero no decía nada. Le rasqué la campanilla de la garganta con el hierro y le advertí que no iba a contar hasta tres como en las películas. Hace un rato había comprobado que yo estaba lo suficientemente loco como para pelear con él, ahora no debería albergar muchas más dudas. Hizo una seña con la mano como pidiendo que aflojara la presión, que iba a hablar. Cuando veo a algunos héroes de barrio a punto de llorar, pienso en sus madres y en sus hermanos pequeños, le han pegado al tate, hijo mío, han humillado al hombre más fuerte y más valiente que conoces. Al subir al ring, yo sabía que en el mejor de los casos me llevaría veinte puñetazos, y en el peor sólo uno. Pero no temblé como temblaba él ahora. Para animarle a hablar sondeé la ceja. Encajaba bien.

—Lo ll ll llevé a Navacerrada, a un re re reff fugio. —Con el cañón en la boca se expresaba como si fuese el boxeador más sonado de la historia.

—¿En el barranco de los Sordos, no? En el mismo sitio que anunciaba la canción del Gran Julay, ¿verdad? El valle de los Sordos —respiré intencionadamente con estruendo.

—Sss sí, ahí mismo —farfulló—, un ch ch chalé de tres plantas, pero no sé de qué ca ca canción me habla, se lo juro. —No sé por qué se recurre a algo tan infantil como el juramento en este tipo de situaciones.

—¿Quién salió a recibirte? —volví a la carga.

—Ungg un gordo con una cic cic atriz en la cara.

—¿No sería el guarda de la zona?

—No sé.

La Trini y la yonqui de la granja habían hablado de un tipo con una cicatriz que era quien mejor conducía las motos y que jamás participaba.

—¿Trató bien a mi hijo?

Me dijo que sí con los ojos, pero para cerciorarme le pegué un chorlito en la oreja.

—Habla, que pareces portero de discoteca.

—En el ppp poco tiempo que qu que estuve allí no le pegó.

—¿Y quién anda metido en esto, además de Miguel y el de la cicatriz? ¿Sabes de más gente que participe en las carreras?

—Juro por por mi madre —de nuevo jurando— que sólo obedecí órdenes de Miguel. Me soltó cien mil pesetas y nnn no hice más preguntas. Es cierto que tenía que avisarlo si usted aparecía por por por la disco. Y que me dio la foto, tam tam también es verdad, y que que se me fue la mano. Pepe —¿de qué Pepe me hablaba ahora?— pe pe pero no sé de qué carreras me habla.

—¿Llevaste también a Bartolo al valle de los Sordos?

—¿Ba Bartolo? Sss sólo llevé a su hijo, lo jj juro por Dios, y no le pegué fuerte, que Miguel me ordenó que no le diera fufú fuerte.

—¿Dónde está ahora Miguel?

—En Sevilla. Fue en el Ave a ver a sus padres.

Se había amoldado a las dimensiones del cañón como si fuese una dentadura postiza. Hablaba claro ya.

—En el Ave, ¿no?, ¿a Sevilla?, ¿cuántos años tienes?

—¿Yyyo?

—No, Napoleón.

—Veintitrés.

—Cuando tengas cuarenta sabrás mentir mejor. Ahora procura llegar a los veinticuatro.

Le solté un punterazo en la espinilla. Cojera para quince días. No se movió por no hacerse daño con el cañón en la boca.

—Creo que voy a tener que empastarte una muela a base de casquillos.

—Tranquilo —me aconsejaba Carlos desde la puerta—, Augusto, no quiero más problemas.

—Vete, si quieres, pero aquí van a necesitar un cura.

—A mí no me pringas en esta historia. —Se escuchaban sus pasos alejarse en el pasillo.

Ahí fue cuando el Metralla se derrotó, un momo momento, un momento, Miguel papá para en el Cosladium, una discoteca de Coslada, ssssi no está allí, el dueño os dirá dodó dónde podéis encontrarle.

—Por por si le interesa —ahora el Metralla me hablaba de usted—, le diré que Miguel es mi primo.

—Hombre, eso se avisa y así nos ahorramos unos puñetazos.

Lo esposé y le até las piernas. Tardarían un tiempo en descubrirlo, y seguro que cuando lo hicieran no le iban a quedar muchas ganas de hablar.

Ya en el coche, delante de Carlos, abrí el buzón electrónico:

*Quieto y parao. Ni un paso más.*

El Lector

Fue el último mensaje. Con la mirada atónita de Carlos, por primera vez decidí dejar una respuesta en el contestador automático de mi ordenador, por si se le ocurría escribirme otra vez:

*Ahora me toca jugar a mí, caballero.*

# 16

Carlos se puso al volante mientras yo me aliviaba los pómulos con un pañuelo mojado.

—Se derrumbó cuando fingiste que te mosqueabas conmigo, porque lo fingiste, ¿no? —le pregunté—. ¿O creíste que lo iba a matar?

—La pregunta ofende.

—¿Cuándo vas a colgar la sotana?

—Cuando te vengas a las misiones de América.

Carlos parece un locutor de por la mañana, un magnífico comunicador de esos que te hacen creer que ellos están ilusionadísimos con todas las cositas que nos van a contar durante el programa. Cada frase suya parece como sacada de una cesta, una fresa con gotas de agua fresca, pero ahora no tenía ganas de hablar, le preocupaba mi suerte. Probablemente querría saber cómo se metió Fidel en ese lío, cómo me había enterado yo, qué relación tenía todo eso con el Manco, pero no me preguntaba nada para que yo no me alterase más. Cuando dejé de hablar, se sucedieron minutos de silencio y enseguida comenzó a charlar con muchas ganas de todo lo que podríamos hacer allí, de lo útiles que nos íbamos a sentir. Yo notaba sus esfuerzos por aliviar mi dolor, y él notaba que yo lo notaba, pero su charleta nos reconfortaba.

—Carlos, ¿por qué te caía tan mal el Manco, no te parecía un tío íntegro?

—¿Qué quieres decir?

—Pues que era amigo de sus amigos, que sacaba la cara por nosotros.

—Sabía disimular bien su egoísmo, nada más.

—Es curioso que te enfadaras por aquello de las confesiones en público, precisamente tú, el confesor.

—Lo que me fastidiaba era esa exposición narcisista. Él no sabe lo que es comerse un huevo frito el día de nochebuena en el talego, él no sabía ni sabe lo que es salir de Carabanchel y que no haya esperándote fuera nadie más que el párroco de la iglesia, él no sabe lo mucho que yo me odiaba, estaba demasiado preocupado en secar sus trapos sucios ante nuestras narices.

Carlos había encontrado el método para relajarme. Su teoría nunca mencionada era: si quieres aliviar a un amigo de sus penas, no le sonsaques nada, cuéntale las tuyas y procura hacerlo sin que se note.

—...El Manco no sabrá nunca lo que es vomitar en un confesionario después de escuchar las miserias de tus vecinos. No, él quería saberlo todo de nosotros, todo. Hasta cuando nos emborrachábamos, me sentía incómodo porque veía que no hacía más que soltar preguntitas, como el que no quiere la cosa. De pronto te decía: «Oye, yo no me acabo de creer eso de que tu padre haya matado al Churri, seguro que lo han liado», y cambiaba de tercios, como si en realidad no le interesase lo de mi padre, hablaba de fútbol para volver más tarde a la carga. Él no sabía lo que es llorar por un amigo, ni lo sabe.

Llegamos a Cosladium. Ni los Alcampo son tan populares como esas macrodiscotecas de cinco plantas, con piscinas, restaurantes, pantallas gigantes de televisión, karaokes, varias pistas de baile, diferentes músicas, distintos ambientes, distintas edades.

A Carlos no querían dejarle pasar con el chándal y yo, con la cara sangrienta, tampoco era un buen valedor. Di el placazo, avisó el portero por la radio a su superior y nos metimos. En la planta alta, la de la piscina climatizada, había una fiesta en exclusiva para la gente de la policía local. En la baja, de los adolescentes, bailaban seis gogó girls, y Miguel, el maestro, en un sillón mirándolas.

Carlos y yo nos sentamos a su vera.

—¡Hombre, Augusto!, ¿qué pasa, se ha solucionado el asunto de tu hijo?

—No, pero se va a solucionar pronto.

Saqué la Chunga con mucha calma y le encañoné los huevos.

—Tranquilo, tranquilo, Augusto.

—Nunca estuve más tranquilo que ahora cuando todo el mundo me pide tranquilidad. Me vas a contar lo que te traes entre manos con el Metralla, con Lorena, con mi hijo, con Bartolo, con el Manco y con todo el que ande pringado en esto. Pero ya.


Lorena llegó al colegio hace tres años y tuvo el buen gusto de fijarse en mi hijo. Estudiaban juntos, se compraban el bocadillo del recreo a medias, compartían cigarros, bolígrafos mordisqueados, chuletas de exámenes y jugaban al baloncesto. Un día la niña se torció el tobillo y Miguel la llevó en brazos hacia el botiquín.

—Créeme, Augusto, no lo pude evitar, me excité.

Trató de concentrarse sólo en el tobillo inflamado. Cuando le extendía la crema por el gemelo (ensoñado y preciso como las nubes, imaginado y concreto como el vaho en un cristal al que se le buscan rimas) la chica le advirtió:

—Te va a estallar la cremallera, mamón.

Lorena no fue la primera alumna con quien se acostaba Miguel. Pero sí fue la que única que ofreció sólo una noche a cambio de todo el curso aprobado. ¿Hace? La niña sacaba buenas notas sin esforzarse en exceso, así que Miguel accedió. Consumado el trato, Lorena comenzó a faltar a clase. Cuando aparecía con sus faldas entre aquellos pupitres tan desolados, las persianas estropeadas, el suelo sucio aunque lo limpiaran todo el día, las bombillas peladas, las paredes pintadas de amarillo, parecía una geisha en un vertedero.

—Me levantaba todas las mañanas esperando que se dignara venir a clase. Una vez le advertí que si faltaba no tendría más remedio que suspenderla. Se había dado cuenta de que yo estaba loquito por ella. Y me preguntó entre risas si tenía celos de Fidel.

Miguel se enteraba por Quique de que mi hijo Fidel y Lorena iban al cine juntos, pasaban tardes enteras en la Casa de Campo. Habló con mi hijo y con ella, los reunió en su despacho.

—Me lié un porro y les pasé algunas caladas. Les dije: «Odio dar consejos, pero debéis tomar vuestras precauciones. Los condones están para algo, y la heroína no hay que mirarla siquiera, es mortal. Fidel, no me gustaría tener que hablar con tu jefe.» Pero la puta verdad, Augusto, es que formaban una pareja envidiable. No se perdieron gran cosa por faltar a clase, hacían el amor con preservativos y sabían que la heroína era asquerosa.

Sin embargo, alguna tarde o alguna noche (las primeras emboscadas suelen tenderse de noche) probaron la heroína.

Comenzaron a necesitar dinero. Primero se lo sacaban

a Lunas y a Irene, después a Miguel. Lorena se enganchó en principio más que mi hijo, hasta el punto de que Fidel y Manuel Lunas tuvieron que convencerla para que ingresase en una granja de desintoxicación.

—Tu hijo quería a esa chica, se le notaba, a mí también se me notaba y al baboso del Lunas, también.

Una vez se llevó varias semanas sin asistir a clase. La madre de Lorena iba a denunciar su desaparición en comisaría. Nadie sabía nada de ella. De pronto apareció en el colegio recién duchada, con pantalones y cazadora de cuero negro, marca Moschino. La bajó Bartolo en brazos de su Nissan Patrol y la posó en la cancela del colegio como a una recién casada. Ni se había pasado por casa a ver a la madre. Fidel no quiso saludarla, pero Miguel sí.

—No pude resistir la tentación de preguntarle. La metí en mi despacho. A esas alturas de la historia en el colegio, los profesores y los alumnos hacían chistes sobre mi excesiva preocupación por la niña. Los días en que faltaba, los chicos me notaban irascible, y cuando ella venía, ya era otro profesor. Pero todo lo que pensasen los demás me daba igual. Lorena me contó que había estado en casa de un millonario, y que cortó con Fidel porque se había encelado un poco.

A los pocos días, mi hijo y Lorena hicieron las paces. Volvieron a jugar juntos, a compartir bolígrafos mordisqueados, porros y bocadillos en el recreo.

—Ayer, Lorena me dijo que tú irías a determinada hora a la discoteca de mi primo el gorila. Querían tenerte controlado, así que le di una foto tuya y le dejé avisado para que me llamara cuando pasases por allí. Se ve que tuvisteis un roce. Y hoy, después de que tú te fueras del colegio, Lorena me llamó de nuevo. Quería que alguien calentara a Fidel y se lo llevara a un chalé que hay en Navacerrada.

Necesitaba un tipo que no hiciera preguntas, con un todoterreno para meterlo por la nieve, alguien fiable. No debí aceptar nunca. Pero por cien mil pesetas convencí a mi primo.

—No quiero pensar lo que te puedo hacer si le pasa algo a mi hijo.

—Si te propuse que lo sacaras de ese instituto es sinceramente, porque estoy celoso de él y porque veo que se está hundiendo cada vez más en el barro. Yo, ya ves que estoy enmierdao desde hace tiempo. ¿Te importa retirarme la pistola de los huevos? La gente se está empezando a coscar.

—Me da igual. ¿Qué sabes del Cicatriz?

—No sé de quién me hablas.

—El Cicatriz es el guarda de las pistas —le informé—, tiene un todoterreno negro y mucho tiempo para conducirlo. Tú me vas a decir dónde lo puedo encontrar.

Sólo bastó otro achuchón de la Chunga para que se derrotara:

—Lorena me dijo que si surgía algún contratiempo me pusiera en contacto con un tal Antonelo el Cicatriz, en la pensión Los Ángeles, por la calle de la Cruz.

Carlos y yo nos miramos. Podía haber millones de cicatrices repartidas por todas las caras del mundo, cicatrices anchas, estrechas, mal cosidas, peor curadas, pero sólo había un Antonelo el Cicatriz. Y ya sabíamos dónde encontrarlo.


Antonelo bajaba las cuestas con las manos en los bolsillos y los bolsillos rebosantes de canicas. Las agarraba como si el aire se las fuese a quitar por el camino. No era el aire sino los demás chiquillos quienes se las arrebatábamos después de que nos las hubiese ganado en justa lid. Antonelo jugaba de una forma tan mezquina, tan sin arriesgarse nunca, sin disfrutar lo más mínimo del juego, que siempre parecía que nos estaba robando.

En su casa se sentían ufanos de que el niño volviera todos los días con veinte canicas ganadas. Llegaron de un pueblo derramado como un chorreón de leche en las cuestas de Extremadura. Y se afincaron en Villaverde con los ojos igual de abiertos que si emprendieran todos los días el mismo viaje desde la aldea a la estación de Atocha. La capital les sorprendía más cada día, pero el niño se adaptaba, ganaba canicas igual que en Extremadura, el niño, mi niño, decían los padres, nos sacará de la miseria, va a ser un hombre listo, se le ve. Las canicas se las guardaban en una caja especial, y cada dos o tres meses, Antonelo seleccionaba unas cien para venderlas en el barrio. Las plusvalías pasaban a la hucha, que reinaba en la cómoda como un trofeo olímpico. Pero Antonelo era enormemente gordo. Los mofletes de la cara parecían juntársele por delante de la boca para darse un besito entre ellos. Los niños nos metíamos con la barriga de su padre, de su madre y por supuesto con la suya. Las frases hechas sobre gordos y gafitas cuatro ojos capitanes de los piojos, han saltado siempre de escuela en escuela, de ciudad a ciudad, sin la ayuda de libros, maestros o televisiones, como fórmulas mágicas. El gordo era el Gordo Seboso y no le quedaba más remedio que tragar.

De repente, la naturaleza le regaló un lote de músculos. Pero el gordo dilapidó aquel regalo, no supo administrarlo. La cosa es que Antonelo se desarrolló en una tarde. Aquel verano, los chicos de su edad lo vimos con bozo, con otra voz, con venas en los brazos y con un talego de canicas enorme. Sabíamos que días antes le había pegado a otro chavalín que siempre andaba encima de él. Pero bueno, tan sólo le dijimos, dónde vas, Gordo Seboso. Y el tipo se volvió, dejó por un momento el talego en el suelo y se lió a puñetazos con uno de los nuestros, a castigarlo de verdad. Por primera vez, el Motolío lloraba delante de nosotros. Entre las rodillas de Antonelo quedaba aprisionada la cabeza del mejor extremo derecha del barrio, el indiscutible ganador de todas las carreras a nado y el más atinado creador de motes. Era la toma de la Bastilla. El gordo estaba saltándose mucha jerarquía, así que entre cuatro nos pusimos a darle, y con su cuerpazo de hombre y su voz ronca recién descubierta, lloraba a los pies de cuatro niños.

Desde entonces, se fue separando de todos menos del Manco. Hasta aquel día soportó los insultos de gordo, gordinflón, los golpes y los desplantes. Sin embargo, no perdonó una paliza el verano en que se creía fuerte.

Se fue de casa y volvió al cabo de unos meses, más delgado y con una cicatriz en la cara. Contó que aquello le había pasado por defender a alguien. La cicatriz no impresionaba tanto como el hecho de que hubiese sido capaz de abandonar la casa, el niño mimado de los paletos a quien nadie imaginaba desandando el camino hacia cualquier provincia. Llegó con una aureola de aventura suficiente como para deslumbrarnos, pero eso no parecía interesarle ya lo más mínimo. Ahora quería hacerse rico.

Tomó en serio el bachillerato, se encerró en su casa y parecía que prosperaba en sus estudios. Hasta que un día se metió en una pelea y se tragó varios años de cárcel. El Manco era el único que iba a visitarlo. Cuando salió, ya no era el mismo. Los padres habían muerto y él deambulaba por la zona Centro, pasando algo de heroína. Alguna vez, cuando yo trabajaba en Homicidios, me lo encontraba por la calle y hacíamos como que no nos veíamos, yo creo, que más que nada por timidez. Aunque pudiera ser por rencor.

Las peleas, se ganen o se pierdan, ocupan mucho espacio en la memoria.

Más que los mejores polvos.


No nos dio tiempo a seguir hablando con Miguel. El mayordomo del Manco llamaba a la puerta del móvil. Me informó de que su señorito Raúl estaba tendido inconsciente en el salón de la casa, sangrando a borbotones. A su lado yacía un joven de ojos grises con una pistola en la mano y claras muestras de haber sido estrangulado.

—¿Y usted no vio nada?

—El señor mandó retirar el servicio una hora antes alegando que iba a recibir una visita muy importante. Quedé encargado de que, si ocurría algo grave, le avisara a usted y le diera una carta lacrada que ha escrito hoy mismo. Estoy muy asustado. Yo estaba en el otro ala de la casa. Cuando escuché una detonación acudí, y ya me encontré este cuadro. Otro chico joven saltaba por la cancela. Le digo que estoy muy asustado. No soy un mayordomo de esos que salen en las películas, soy joven, tengo un hijo oligofrénico y disfruto con Maradona.

—Tranquilícese. Tiene que llamar ahora mismo al jefe superior de policía. Le dice que se traiga un médico del Cuerpo Nacional, que me esperen allí, iré en cuanto detenga al otro elemento. Y no se le ocurra hablarle de la carta. —Asintió como lo haría Drácula si se le ordenase no tocar nada en forma de cruz.

Le pedí a Carlos que permaneciese con Miguel hasta nueva orden. Y que me llamase cada cierto tiempo por si surgían novedades.

Me hice fuerte en el coche camino de la plaza de Alonso Martínez. En Radio Tres una canción angoleña me transportó en volandas sobre los aparcamientos en doble fila, sobre los adelantamientos por la derecha y sobre los árboles de hojas grisáceas que sucumben minuto a minuto ante los tiros de los tubos de escape. La belleza de la música me infundió coraje para meterme en la mente del Lector y vislumbrar las razones de tanto odio. Fuera, los otros coches parecían cárceles rodantes de cristal, cantinas de cascarrias y ulises sonados, pero aquel ritmo me llevaba en una alfombra a dos cuartas del suelo y convertía las cárceles en palaciegas pompas de jabón con aires de exquisita soledad.

# 17

Plaza de Alonso Martínez. Y mi coche. Mi coche y la plaza. Ya no recordaba esas muertes súbitas que asaltan cada vez que se tarda más de diez minutos en aparcar, la sensación de vacío que, aliada con un poco de prisa, traspasa la tarde, la chaqueta y el buñuelillo rojo con ínfulas de corazón, para anegar hasta los mejores conciertos de Vivaldi. Había olvidado, después de tanta sábana, lo inhumano de una vida cuyas más espontáneas alegrías se producen al avistar un hueco de cuatro metros cerca de la acera y vocear ante uno mismo —tieeeeerraaa— la alegría del descubrimiento. No encontré sitio en la calle. Y me impacienté, pero tampoco mucho, porque sabía que el frustrado asesino del Manco no se me iba a escapar. Seguí buscando alojamiento para el Seat 131. Y tampoco recordaba ya la ansiedad que infunden esos cementerios en forma de aparcamientos públicos, las tristes y desabotanadas barrigas tras la ventanilla, lo mal que sienta desprenderse del dinero por esas rendijas.

Si el secuestro hubiese continuado más tiempo me iba a sorprender el día menos imaginado en cualquier ferretería, soportando la cháchara del tipo que se lleva una hora a vueltas con un enchufe, un cable o un tornillo encima del mostrador, ¿no lo tendrá usted diez centímetros más corto?, es que tengo una repisa que... una balda que cuando... un bifurcador de corrientes camineras... o recitando con cualquier kioskero parece que va a llover, qué hizo el Madrid ayer, compadre, o yendo a descambiar unos zapatos.

Esto último no vendría mal.

Un tipo listo es el que compra unos zapatos por la mañana y lo descambia por la noche. Sin estrenarlo por la calle siquiera, sin miedo a reconocer que esas dos piezas que se probó, se quitó y se volvió a probar dos veces delante del vendedor, ¿así mejor? sí, sí, parece que ando bien, eran un par de dolorosas estupideces.

Si el secuestro hubiese durado más tiempo, o si se hubiera solventado sin tanta barbarie, tal vez habría de vérmelas en la cola con los tipos de la ferretería. Ojalá, a pesar de todo. Ojalá no hubiese ocurrido lo que iba a ocurrir en unas horas, aunque el precio fuese volver a enrejarme en las herrumbrosas calles de la rutina.

Pero el Lector aguardaba en sus casillas.

Del parking al metro. Fue como salir de una cueva sin historia para entrar en las cuevas de Altamira. En la estación de Alonso Martínez encontré a mi buen mendigo Bartolo, borracho, sentado sobre un charco rojo, cantando arriquitaun, arsa que toma y olé, tre leré, con los labios partidos y la camisa adornada de lunares sangrientos. Aprovechando que la hija no estaba, Satanás o algún pariente del Maligno, se había colado en la cara de Bartolo. Ni quedaba alegría en su cante, ni odio en sus gritos cuando le pregunté por el Gran Julay. Sólo maldad:

—Vete a mamarla, madero, tanta pregunta ni tanta hostia. ¿Acaso te crees que soy un chivo?

—Vale, Bartolo, vale.

—¿Qué buscas por aquí? ¿Tus complejos?

En ese momento llegó Rosi, y antes de verla, cuando

Bartolo sólo escuchaba los pasos tenues en el pasillo, Satanás iba despejando los labios, las cejas, la nariz. Se agazapó al fin en la misma esquina de los ojos donde le echarían de comer cada noche.

—¿El Gran Julay? —se preguntó la niña—. Acabo de verlo en la Gran Vía. —El padre refunfuñaba por la confidencia como lo haría un mastín aplacado por el dueño ante un gato. Rosita rescató un pañuelo verdoso de la falda y fue madurando muy despacio, haciéndose mujer mientras le sanaba la cara.


Estación de Gran Vía. Me senté al lado del cantautor aplástandole los riñones con el cañón de la Chunguita. Decía que le iba a cortar el subidón, que se acababa de meter un chute y se lo iba a joder.

—¿Después de intentar matarlo te has pinchado?

—Antes y después. Me haces daño con el trasto ese.

—Entonces, vamos bien —le apreté un poco más.

—¿Me cuentas cómo te has enterado antes de que me partas las costillas?

—Tu amigo, el de los ojos grises, nada más ver el dedo cortado en el Icade llamó al Manco haciéndose pasar por el secuestrador para pedirle dinero. Entonces el Manco me forzó a que abandonara el caso, convencido de que no conseguiría otra cosa que atraer moscardones como vosotros.

—¿De veras?

—Y el de los ojos grises, que nunca sería capaz de hacer solo nada, decidió compartir ganancias contigo a cambio de que lo acompañaras. Me siguió hasta aquí con su flequillo por las esquinas y esperó a que me fuera para venderte el plan.

—Macho, pareces el bujarrón gordo ese que hace de adivino en la tele.

—Pero en ningún momento habéis engañado al Manco. Él sabía de sobra que tratábais de chantajearle. Os hizo ir a su castillo para ver si os sacaba alguna información o para que no hubiese ninguna interferencia con los verdaderos secuestradores.

—¿Y no crees que fue muy temerario por su parte citarnos allí?

—Fue temerario por la vuestra.

—Le dijimos que como viéramos a alguien del servicio o algún tipo con pintas de policía, nos cargaríamos a su hijo; de hecho, no había nadie en el chalé.

—¿Y él te parecía poca gente? Os habrá pedido alguna prueba de que teníais al hijo, no os habrá querido dar el dinero y habréis disparado.

—Cierto, pero la pistola era de fogueo. Aunque creo que hubiese preferido que fuese de verdad. Se fue derecho a mi socio buscando la muerte, le echó mano al cuello y no lo soltaba ni para defenderse de los estacazos que le metí en la cabeza.

—Tu socio está muerto y él vivo.

—La vida.

El Gran Julay se puso a cantar con el mayor de los desprecios hacia la Chunga.

> Que cuando vuelvas la esquina estaremos
> tus amigos, la niña y la nieve
> Que correremos
> Desde las dos hasta que el viento se hiele
> Nos escucharemos
> En el barranco de los sordos
> Si tirito, la bufanda de tus piernas
> si me caigo, la llanura del regazo.

—Y sin embargo, aún no sé por qué lo has hecho —confesé.

—Al ver la fuerza con que el Manco estrujaba a mi socio, me acojoné y le pegué el leñazo. Puro miedo.

—No es eso. Es tu querencia al dinero lo que no me explico. Un vagabundo que rechaza ofertas millonarias de las casas discográficas y que sabe que va a morir pronto...

—Con quinientos kilos se pueden hacer muchas cosas antes de morir.

—¿Como qué?

—Como repartirlos.

—¿Entre tú y tu socio?

—Claro, no va a ser entre los pobres, que son tan cabrones como los ricos, pero con dolores de muela. En fin, con tantos millones puedes diseñarte una muerte magnífica, sin el coñazo de la fama. Más drogas, más viajes, más médicos a tu alrededor, más de todo. Se trata de morir con la palabra más en la boca.

—¿Cuánta gente va a ir hoy a las carreras?

—¡Te has dado cuenta! ¿Verdad?

—Citas con tus canciones a los que van a jugar a la nieve. A las dos de la madrugada en el barranco de los Sordos. Eso está por Navacerrada.

—Sí, así es. Pero siempre hay que sumar una hora a la que yo doy. Así se aseguran de que sólo van quienes realmente están en el ajo.

—¿Cuántos?

—Que yo sepa, hoy unos nueve por lo menos. Vamos... por aquí han pasado lo menos seis habituales. Esos se los dirán a otros tantos. Esto es como una prueba de selectividad para los que corren.

—¿De quién fue la idea?

—No lo sé. Un día me vino Bartolo proponiéndome

esta batalla. Me dan unos talegos por meter esa estrofa en mis canciones y ya está. Unos días es el barranco del Sordo, otro el de la Higuerita y a veces hasta se van a Granada. A mí me dicen la hora y el lugar y yo adapto mis canciones, no hay más que hablar.

Lo conduje a la comisaría de Centro. Quiso meter la mano en el agujero de la guitarra, creo que llegó a acariciarla por dentro, antes de que le pegase una patada en la espinilla. De algo sirvió la advertencia de Bartolo: «La guitarra le suena demasiado ronca. ¿Te basta con eso?» En efecto, la pistola iba agazapada con esparadrapo en el interior, y la música se resentía.

A los de Centro les dije que fueran avisando al jefe superior.

En la centralita de la comisaría llamé a casa del Manco. Se puso el mayordomo y le dije que me pasara con el jefe superior.

—Estamos tratando de que recupere el conocimiento —me dijo—. Le arrearon un buen trancazo en la nuca, pero de ésta sale vivo el Manco. Seguiremos con él hasta que recobre el sentido.

—Mientras tanto, ¿ha pensado cómo va a resolver el secuestro?

—De momento, ordenándole a usted que se vuelva a hacer cargo del asunto. Tiene todos los hombres que quiera a su disposición. ¿Por qué no viene un momento y planeamos la estrategia?

—Sobre las diez estaré allí.

No comía nada desde hacía ocho horas en el colegio de mi hijo. ¿De mi hijo?

No quise entrar en uno de esos Imperios del Jamón, que te muestran trescientos bocadillos en el escaparate con una loncha transparente en cada uno. Sentir asco del aceite de los boquerones secándose en la barba de los policías con una servilletita extrafina me reconforta, me hace creer que soy un poco distinto, aunque bien es verdad que algunos compañeros de los que trasiegan por la vida viendo programas de concurso, también llegan a sentir lo mismo.

Al final, entré en un Imperio del Jamón.

## 18

De nuevo al chalé. El mayordomo me esperaba en la cancela con la carta del Manco en la mano. Era un hombre de papilla temblorosa, uñas bien cortadas y canas mal asumidas. Tal vez no habría soñado de pequeño con un autógrafo de Drácula, tal vez la última impresión sea la que más vale, porque valer, valen todas.

La carta estaba totalmente sellada, cubierta con varios sobres superpuestos para que no la pudiesen leer desde fuera con luces potentes. Al abrirla cayó una bala al suelo. Decía así:

Ésta es la que mató a tu cuñado. La tuya, la que disparaste tú, aún está incrustada en las paredes del Viso. Siempre tuviste mala puntería y supongo que los nervios ayudaron a que fallaras. Me encantaría ver la cara de gilipollas que se te queda, esas cejas inmensas que se hunden hacia la nariz, los ojos saltones... No me siento legitimado, después de haberte hecho cargar durante tanto tiempo con una culpa atroz, para reírme de ti, pero me río. Hay que apacentar las maldades hasta el final.

El caso es que lo que más me atrajo fue eso, la cara de tonto —perdón, de asombro— que se te ponía algunas veces. Me escuchabas como si recibieras en cada estupidez mía un secreto profundo sobre la vida. Acabas de salir ahora por la puerta de mi chalé en busca de Raúl. Tropiezas con las losas del camino, te sacudes las cenizas de una chaqueta que te llega por las rodillas, te llevas las manos al bolsillo buscando probablemente las llaves del coche, pruebas en uno, no están, en el otro, tampoco, y ¡línea!, aparecen brillando entre tu mano y el puro, allá en la oscuridad de los setos. Espero que tardes el mayor tiempo posible en leer esto, pero si no es así, procura jugar bien tus cartas por una vez. Hay un banco con una caja fuerte en la Castellana que sólo tú estás autorizado para abrir. Llegas, enseñas tu documento supernacional de identidad y te tratan como a un príncipe. Encontrarás documentos, vídeos, cintas suficientes para acabar con la carrera profesional de alguna gente. Conforme los vayas hojeando y se te vaya abriendo más y más la boquita (cuídala, se te han vuelto los dientes color Montecristo) verás de qué forma he actuado con muchos de los que se consideraban amigos míos. Verás cómo les he grabado conversaciones íntimas conmigo, verás con qué malas artes he jugado durante toda mi vida y verás, finalmente, que hice bien en grabarlas y guardar todo eso porque, al cabo, demostraron que ni eran amigos ni nada.

Cuanto más tiempo pase, más valor perderán esos documentos que hoy encontrarías en el banco, pero no te preocupes, ya los iré renovando. Ahora mismo hay una cinta que compromete claramente a tu actual jefe superior, el Juanlu. Sabe que la tengo, así que descansará tranquilo cuando yo estire la pata.

Lo de inmiscuirse uno en la vida de los demás engancha más que cualquier droga, créeme. Al principio lo haces, pues ya sabes, por puro pragmatismo, por el hecho de meter a la Trini en una cama con grabadora y tener toda la mierda preparadita por si hay que soltarla. Después, uno se acostumbra, quiere ser como Dios, manejar a todos en un puño. Creo que lo he conseguido muchas veces, he controlado casi siempre todo mi entorno. Es lo máximo a lo que un hombre en sus cabales puede aspirar. Hasta de mi hijo sé más de lo que él cree. Sé por ejemplo que se junta con Antonelo el Cicatriz. ¿Te acuerdas del gordo? La de hostias que le habré quitado de encima al cabrón... Bueno, pues ahora está de guarda nocturno en Navacerrada. Y de tu hijo, claro, de tu hijo también sé bastantes cosas. Pero he preferido que las descubras tú mismo. Verás qué de sorpresas.

Mira, si sale bien lo de Bartolo, no voy a cambiar, no me voy a clausurar, a ingresar, o como se diga, en un convento. Dialogaré con él, veremos qué podemos hacer. Tal vez nos vayamos una temporada a vivir a otra ciudad. Tengo miedo, por primera vez en la vida, tengo miedo de lo que le pueda pasar, pero me da pena también saber todo lo que vas a sufrir tú. No pensaba dejarte dinero porque creo que lo ibas a quemar directamente, por no mancharte con la mierda del Manco, ¿verdad, querido? Pues piénsatelo antes de hacer nada. En la caja de ese banco, junto a toda la basura, reposa un cheque para ti con cincuenta millones de pesetas. Si tu chico vive aún, si aún lo quieres, esa calderilla te vendrá bien. Y si no, te lo bebes. Dejo esto un momento porque suena el teléfono.

Eras tú. Quieres llenarme la casa de putas, no sé con qué fines. Lo llevas claro.

Repaso la carta, creo que se me ha ido la mano con los insultos, lo de la boquita y todo eso. Perdona, estoy irascible, me cuesta trabajo hasta escribir esa palabra, irascible, pero he de reconocer que lo estoy. No sé qué hacer. Vivo pendiente del teléfono. Pagaría los quinientos millones si supiera que sólo quieren eso. ¿Y qué quieres tú, Augusto? ¿Qué deseas, Maqueijan, por qué has venido, por qué me ayudas? ¿Tanto te gustaría volver a ser jefe de Homicidios? ¿Tanto? Fijo que no. Me quieres más de lo que crees. Te pegas a mí porque sabes que soy una parte tuya muy antigua, como lo es el propio Carlos.

No pretendo hacer de esto una reflexión sobre lo que fue nuestra vida. Lo arrugarías antes de acabar, pero sí te diré que un tío que siempre paga los cafés aunque no tenga un duro, alberga un buen corazón. Así eres tú. Yo sólo pude moverme con esos conceptos tan básicos. Mi hijo maneja otros mucho más complicados, pero ya ves el pobre dónde ha caído. A ver ahora cómo supero este trance, cómo le doy ánimos, con lo presumido que es para andar por ahí con un muñón en el bolsillo.

Bueno, estoy casi seguro de que vas a impedir que llegue la cosa a más. Hay tanta gente que sospecha que le he hecho tanto daño... no lo tengo nada claro. El propio Cicatriz creo que sólo tiene razones para estarme agradecido, y sin embargo, es muy probable que esté metido en esto. Te preguntarás por qué no te hice partícipe de todo. La razón la comprenderás enseguida: no quería condicionar tu investigación. Quería saber si tus pesquisas te llevaban al mismo camino que mis intuiciones. Si es así, me temo que lo vamos a pasar muy mal los dos.

Voy a tomarme otro pelotazo a ver si me despejo.

Corto y cierro.


Guardé la carta en mi chaqueta. El mayordomo me miraba a una distancia prudente de tres metros.

—¿Me permite el señor que le acompañe hacia el interior? —Mano enguantada que señala el camino—. El jefe superior le aguarda.

—Oiga, jefe. —Un hallazgo revolucionario eso de llamarle jefe a un mayordomo—. ¿Y a su niño —me había dicho por teléfono que tenía un hijo oligofrénico— también le gusta Maradona?

Sonrió con la barriga, con el embarazo del padre que habla bien del vástago.

—Más que a nadie, señor.

—¿Y qué gol de Maradona le gusta más?

—El que marcó con la mano. ¿Sabe usted? Él se dio cuenta de que lo había marcado con la mano. Cuando el locutor cantaba el gol, mi niño ya me lo dijo. Fue genial.

El mayordomo levitaba alegre tras mis pasos. Las copas de los árboles ya no se acariciaban como la noche anterior cuando el Manco me condujo hacia la bodega.

Ahora el Manco yacía en un sofá del salón.

—No se vaya, jefe —ordené a Draculín—, es preciso que usted lo vea todo.

Un tipo con cigarro, que debía ser médico del Cuerpo, se afanaba en aplicar hielo al Manco por todas partes. Cada cierto tiempo se quitaba el cigarro de la boca besando con los labios el pulgar y el índice, como un juramento, y vertía la ceniza en el suelo. A pocos metros reposaba el cadáver del novio de Bartolo, el de los ojos grises, con la garganta amoratada.

El jefe superior daba vueltas por el salón refregándose las manos y sorteaba el cuerpo del muerto como si fuera un charco.

—Vaya chabola que se ha montado el cabrón —soltó a modo de saludo.

Los jefes superiores aspiran a ser delegados del Gobierno y los delegados, ministros. Ningún ministro rechazaría ser presidente del Gobierno, pero nadie juraría que la idea se le ha pasado por la cabeza.

—¿A usted le gustaría ser presidente del Gobierno, jefe?

—Maqueijan, deje de decir chorradas, tenemos un fiambre que va a oler de un momento a otro y un compañero en apuros.

—¿Y delegado? ¿Le gustaría ser delegado del Gobierno?

—Bueno, Maqueijan, ya está bien. Dígame qué se le ocurre que hagamos.

—El servicio que no salga del chalé. —Draculín asintió de un cabezazo—. Si llaman por teléfono, aquí nuestro mayordomo dirá que el señor está buscando el dinero, que le han tenido que administrar unos calmantes para controlar el corazón, que está drogado, profundamente dormido, que accede a todas las condiciones y que se presentará en el lugar convenido a la hora exacta.

—¿Y usted, qué va a hacer usted? —me preguntó el jefe superior.

—Voy en busca de un antiguo amigo.

# 19

Dentro del coche, lo mismo que un abejorro, una frase rebotaba en todos los cristales: «Pagaría los quinientos millones si supiera que sólo quieren eso.» Hasta llegué a sacudir la mano delante de mi nariz como para ahuyentarla. Pero entonces me preguntaba qué buscarían además del dinero, por qué el Manco no me informó en ningún momento sobre qué otra cosa le habían pedido. Ni siquiera en su carta de despedida mencionaba el tema. Tenía que ser algo demasiado preciado como para no darlo, algo lo suficientemente importante como para que se arriesgara a que, hartos de mi presencia, los secuestradores matasen a su hijo.

Aparqué encima de una acera. El móvil sonó como una serpiente de cascabel en mi chaqueta. Era mi hijo.

—Jefe, éste es un mensaje urgente. Me piden que abandones el caso, dicen que me van a cortar las dos manos como no dejes de molestarle.

—¿Dónde estás, Fidel?

—En el...

Cortaron la comunicación.

Por la plaza de Santa Ana pululaba mucho moro arropado en abrigos astrosos. Por lo menos, iría a ver al Cicatriz, un viejo amigo no iba a molestarse por eso. Dos muchachos y una chica solicitaban firmas de apoyo contra la droga.

—Eche usted una firmita, hombre, necesitamos que el Gobierno nos dé dinero para salir adelante.

La mesa plegable donde apoyaban sus folletos contenía también un cesto con cuatro billetes flamantes de dos mil pesetas protegidos del viento con cuatro piedras. Conocía el truco: primero la firma y después el estipendio.

Los vaqueros de la chica envolvían unas piernas delgadas y sin embargo celulíticas, débiles pero rápidas, cansadas y sin embargo, andariegas. Sin ningún embargo, yo las devoraba.

—Vamos, caballero, anímese, una firmita. —El chico hacía como que ignoraba el paradero de mis ojos.

—¡La más guapa, la más guapa!, mira quién viene por aquí —la rubia de los sin embargo señalaba a una vieja—, la más guapa de todo Madrid, mírala, qué abrigadita viene. Déjame que te arremeta bien esa bufanda, anda.

La anciana soltó dos bolsas de Galerías Preciados en las que parecía llevar los restos de toda su vida. La rubia se despreocupó por un momento del boli para engolfarse en los pliegues de la bufanda.

—Hacía tiempo que no se te veía el cuerpo por esta plaza —regañaba a la vieja—, me tenías preocupada. Que no te vuelva a ver yo con esos borrachos viejos del otro día, ¿vale?

—...

—¿De verdad que no te vas a ir más con esos viejos?

—...

—Contesta, ¿te vas a juntar con los viejales esos?

—¿Y yo qué soy, hija mía?

—Tú eres la más bonita de Madrid y ellos unos babosos. ¿A que sí, Roberto, a que viene muy guapa Carmela?

—Claro, mujer. Así te queremos ver, Carmela, como una vara de nardo, ¡que con el trigito limpio todo el mundo te compare!

Carmela alzó sus dos casas y se fue. La rubia volvía a ofrecer el boli y los chicos se pusieron a dar saltitos para combatir el frío. Solté cinco mil pesetas pero no firmé. Los chavales me dieron dos abrazos y la rubia dos besos bien alejados de la comisura de los labios. Salí de la plaza como cuando se digiere la primera hostia consagrada o se termina de fregar los platos. En la pensión Los Ángeles subí cinco pisos sin ascensor. Había escombros en los rellanos de la escalera, cuajarones de sangre, desconchados y polvo, mucho polvo. Me abrieron la dueña y el dueño. Ni siquiera de los taxistas se debe decir que son unos fachas; ahora bien, con los propietarios de las pensiones, casi siempre, al final de todos los escalones, se termina encontrando a una gorduela roñosa que no encendería un cigarro sin cobrar la cerilla y a un marido con rebeca y zapatillas que sólo sale de casa para comprar el pan con las pesetas justas. Lo más siniestro de esos lugares no son las putas de dentadura postiza y cuchillo en el bolso, ni los asientos pringosos de las sillas, ni los agujeros de los colchones, ni las perchas de alambre, ni los inquilinos con pinta de asesinos inspirados, ni siquiera los que se dicen opositores. Lo más siniestro son los dueños.

Cuando me presenté como agente, a pesar de que llevaba el traje arrugado y la cara adornada aún al estilo Metralla, los posaderos, a buen seguro familiarizados en el trato con la policía, me condujeron rápido a la habitación del Cicatriz, uno arrastrando las zapatillas, la otra, quitándose con la lengua la fibra de un filete atrapado en algún zulo de la mandíbula. Abrieron la puerta sin llamar. Antes de pasar nos atacó una voz bronca:

—La próxima vez que entréis así le meto fuego a este putiferio.

Bajo la luz dramática de una bombilla pelada, a una cuarta sobre el nivel del suelo, entre botellas de vino y latas de cerveza, yacía mi viejo amigo con un ejemplar atrasado de la revista *Jueves* y la otra mano debajo de la manta. Me miró al cabo de los años sin fingir sorpresa. La vieja, con voz pausada y el dedo aún inmerso en los arcanos de su encía, le espetó:

—Mañana mismo coges las de Villadiego, aquí no queremos maleantes.

El Cicatriz al verme soltó la revista y los echó haciendo sonar los tres dedos de la mano izquierda, como si bailara por sevillanas. Tenía la barriga agresiva, el bigote grasiento, la sonrisa y los ojos tan estrechos como la cicatriz. Ni se movió de la cama.

—¿Qué haces aquí? —le pregunté.

—Esperarte. Tanto dar vueltas por el Adagio, la Celsa y el Icade, y olvidaste el centro de operaciones.

—¿Te avisó Adriano Gutiérrez, ¿verdad? El látigo de los corruptos.

—Bingo. Adriano Gutiérrez me avisó de que andabas preguntando en Joy por Bartolo. De aquí a Joy hay un minuto, así que bajé y te seguí en mi Range Rover negro hacia el Adagio, después a la Celsa y después al Icade. Allí eché el dedo por la ventana.

—¿Qué escondes debajo de la manta? —le pregunté.

—Una amiga tuya.

De entre las sábanas, como una cobra, apareció una escopeta recortada que se quedó como hipnotizada en mi cara.

—Antonelo, ¿Cómo te has metido en este berenjenal? Ahí repantigado... apuntándome con el trasto ese...

—Vueltas que da la vida, muchacho. —Se esforzaba en

pronunciar bien las palabras para que no se le notara la borrachera. Y apenas se le notaba.

—Vengo a detenerte.

—¿Ah, sí? —Risotadas tremebundas acompañadas de tos—. ¿Y por qué, si puede saberse?

—De momento, porque eres el guarda de los montes donde se han organizado carreras clandestinas de motonieves.

—¿Sólo por eso? Te informo de más: soy el que metió a Bartolo a punta de escopeta en su propio coche, el que lo llevó al refugio, soy el que pensó que con quinientos millones el Manco iría bien despachado, porque Lorena y el otro pensaban perdirle menos, soy el que planteó que fueran dólares usados porque al otro ni se le habría...

—¿Quién es el otro?

—Ah... amigo, eso sí que no estoy autorizado a revelártelo.

Volvió a sonar mi móvil.

—Cógelo anda, será algo urgente.

En vez del teléfono, eché mano de la Chunga.

El Cicatriz explotó de nuevo en una risa imparable.

—Anda, agarra también el móvil, hombre, después arreglamos lo de los hierros.

Era el Manco:

—Augusto, voy a pagar, no quiero que te metas en nada.

—¿Te has recuperado del golpe?— pregunté al Manco.

—Sí, y no quiero que te inmiscuyas en nada. Voy a arreglarlo solito.

—Demasiado tarde, mi hijo está también en este lío.

—A tu hijo no le va a pasar nada si no haces nada.

—Eso lo dices tú.

—Lo digo yo y lo dicen ellos.

—Pues no me fío ni de ti ni de ellos.

Silencio.

Proseguí hablando:

—A propósito, aparte de los quinientos millones, ¿qué otra cosa te han pedido que me has ocultado todo el tiempo?

—Nada importante. Bueno, te dejo, recuerda lo que te he dicho.

Colgó. Seguíamos apuntándonos Antonelo el Cicatriz y yo. Las armas gesticulaban con cada palabra, como si quisieran quedarse solas y arreglar las cosas a su manera.

—¿Qué le habéis pedido, aparte de los quinientos kilos? —pregunté.

—Niñerías, ya lo averiguarás.

—¿Dónde aprendiste a conducir motos de nieve?

—Transportando herramientas de un monte a otro.

—¿Y cómo conociste a Bartolo?

—Se me vino un día con sus esquís y me preguntó que dónde podía comprar una moto Polaris como la mía. Y le dije que yo le podía conseguir otra mejor. Así de simple. Las compro en Andorra, se las vendo a sus amigos y me saco un tanto por ciento. Habré vendido ya unas trece.

—¿No te basta con ese dinero?

—Ni para tabaco me llega.

Dicho eso, se levantó, dejó la escopeta sobre la colcha y en cuclillas posó las manos sobre un infernillo aparcado entre nosotros dos. La habitación olía a vino mal digerido, a sudores de la posguerra y a jabón Lagarto. Se llevó las zarpas a la cara y rompió a llorar. No había ventanas, sólo un cementerio de latas de cerveza vacías, un techo con un chupa chups de fresa pegado, una manta con lamparones de semen. Y encima de la única silla, una tele pequeña que, de conectarse, emitiría sólo imágenes en blanco y negro. El Cicatriz lloraba como debería hacerlo cualquier malo: de una manera increíble. Rugía sobre el infernillo como un león achicharrado. Esperé a que cesara el estruendo y entonces sobrevino un silencio casi más incómodo. En esos buhíos, las lágrimas se deslizan al suelo con alboroto de botellas vacías.

—¿Qué te pasa, Antonelo?

Me miró como si yo acabase de entrar en la habitación. Después, reparó en la Chunga. Se incorporó y avanzó derecho hacia mí, mirando la pistola. Hasta entonces no me di cuenta de lo borracho que estaba. Cuando me tuvo a un palmo, se agachó hacia la Chunga con las manos en los muslos, como si fuera a besar a un bebé. Lentamente se introdujo el cañón en la boca. Y después metió un dedo allá donde sólo cabía el mío junto al gatillo. Presionaba hacia dentro, sin truco, con ganas de disparar. Tuve que pegarle un rodillazo en el pecho.

—Mátate cuando me lleves junto a mi hijo.

Encendió un cigarro en el infernillo y volvió a arroparse en la cama. Riéndose. Al dar la primera calada, las cejas se le vinieron a la nariz como un murciélago.

—Está bien, te llevaré, pero con una condición.

—¿Cuál?

—Que mientras no se haga nada en contra de Fidel, veas lo que veas, oigas lo que oigas, te quedarás quietecito. ¿Que no?

—Que sí.

—Y otra cosa más: tienes que correr de paquete conmigo, ¿vale?

—Cuando quieras salimos.

—Dentro de cinco minutos llegará Lorena. Está avisando casa por casa a todos los corredores, el cantautor nos ha fallado esta tarde. Va a ser una noche grande. La montas en el coche que te guiará bien hacia el valle de los Sordos. De todas formas, yo conduciré delante.

Abrió un armario de madera y se metió dentro de un mono de nieve. Sacó dos guantes, un casco, una bolsa de deporte y se sentó de nuevo en la cama.

—Hay una cosa que no comprendo, Antonelo. Si os vais a llevar los quinientos kilos del Manco, ¿para qué os complicáis la vida organizando una carrera tú y el otro?

—Eso se lo preguntas al otro cuando lo veas. Yo me limitaré a ganar.

—¿Estás seguro de que la Trini o el Adriano no te pueden ganar?

—Segurísimo.

—Has necesitado demasiado alcohol para hacerle esto al Manco. Estás acojonado, ¿verdad?

—Qué va, qué va. Lo único es que me da pena lo que le espera al pobre hombre. Pero en el fondo me cae bien.

—¿Ah, sí?

—Siempre me ha parecido un tío grande. Como esos camareros que había en Villaverde, ¿te acuerdas? El Cotolía, por ejemplo, se me viene a la cabeza cantidad de veces. Puso un bar para gente joven, se le llenaba aquello de chorbas, pero el chavea siempre tenía un sitio para su amigo el Chato, el borracho más tirao del barrio. ¿Te acuerdas también del Chato? Claro, coño, vivía por encima de ti. Apestaba, hedía el desgraciado cien veces más que yo ahora. Y el Cotolía no lo aguantaba allí porque el Chato hubiera sido íntimo del padre, qué va, ni porque fuese al fin y al cabo un tío pacífico..., chchch, chchch. Lo acurrucaba siempre a su verita, en el mostrador, porque en realidad el Cotolía, a pesar de que estaba juntando buenos billetes y de que se cepillaba a las mejores tías, realmente, disfrutaba con la compañía del Chato. No se puede evitar, naces con ello. Y a eso, yo le llamo un tío grande. Además, que el tío conmigo se enrollaba.

—Entonces, ¿por qué le haces esto?

—Por la guita, amigo. A tomar por culo mi jefe, los casinos y las guarras que siempre terminan poniéndome las perchas. A las tres de la madrugada Antonelo palma y nace otro tío.

Se disponía a encender otro cigarro cuando escuchamos gritos en el pasillo. Había dos viejos asomados a las puertas de sus habitaciones, un travesti en bata pidiendo silencio y al fondo del pasillo la dueña de la pensión discutiendo con Lorena.

—Que te apartes, coño. —Lorena zanjó la plática con un codazo a los brazos de la vieja.

—Tenga usted cuidado con ella, que siempre trae problemas —me gritaba la posadera, jorobándose sobre la pared.

Lorena venía con los ojos redondos como gamboas, luminosos como los faros de un Porsche. Lo que hubiese tomado había surtido efecto.

—Coño, Pati, ¡qué sorpresa!

—¿Vienen todos los de la última vez? —le preguntó el Cicatriz.

—Ni uno más ni uno menos.

—Pues andando, vete con Augusto.

Al salir a la calle nos encontramos mi coche rayado, con la antena quitada y el espejo retrovisor arrancado. Te roban la radio y te encabronas más con la vida que cuando pierdes a un amigo lentamente, en el fragor de los atascos, los exámenes y el trabajo.

# 20

Superado el tartamudeo del último semáforo, nos fuimos relajando.

—Vaya buga molón que te has buscado, ¿eh? Un Seat 131 verdeeee. La hostia. Sonríe Pati, joder. A tu hijo no le va a pasar nada —desplegó la palma de la mano en el coche como si alisara el mar—, nada, ya verás.

Sacó papel de plata y se puso a quemar heroína.

—No te importa, ¿verdad? —me preguntó.

—Fuera de este coche puedes hacer lo que quieras, pero aquí...

—Aquí también. —Posó la mano izquierda en mi braqueta y presionó sin hacerme daño. Dedos de mecanógrafa pasada por un curso de boy scouts.

Paré en un arcén. El Cicatriz bajó de su coche doscientos metros adelante.

—Fúmate eso ahí fuera —le ordené—, tranquilízate un poco y después seguimos.

—Y nos dan las uvas aquí, no te jode.

Arranqué de nuevo. El Cicatriz volvió a su todoterrenazo sin saber qué había pasado. Saqué un puro para contrarrestar los efluvios del chino. Con el cinturón de seguridad entre las tetas, las botas en la guantera, la minifalda en la ingle, el asiento reclinado hacia atrás y la calefacción a tope, fue deshilachando su vida.

Lorena le pegaba a su madre. Cuando mangoneaba algo y llegaba con dinero a casa, le compraba flores, le daba para que fuese a la peluquería, mamá con lo linda que tú eras, por qué no te arreglas, le proponía un viajecito las dos juntas a Brasil, sólo nosotras, ¿eh?, sin Lunas, ni Fidel ni nadie, un lugar exótico en la selva, pasando de caballo, de perico y de pastillas, pero después, cuando comenzó a jugar en la nieve, llegaba con billetes de todos los colores y le rogaba que los enterrara a plazo fijo en cualquier banco, donde no se pueda recuperar hasta dentro de unos años, aunque yo te lo pida. En esas ocasiones pasaba varios días encerrada, leyendo y estudiando, cocinando y fregando, del colegio a casa y de casa al colegio. La madre dejaba de asistir en algunos hogares para que la niña no sufriese recaídas. Pero las sufría, y entonces, no había nadie que pudiese contenerla, que sólo es un minuto, mamá, que salgo sólo para que me pasen unos apuntes, no, no quiero que me vayas tú, que tú no sabes cuáles son. Volvía y se encerraba en el cuarto, para que la madre no le mirase los ojos. Al cabo de pocas semanas se presentaba con las venas sedientas de heroína, comenzaba gritando devuélveme el dinero que te presté, pídeselo al chulo de Lunas, que seguro que se lo diste, estoy harta de tus lloriqueos y dolores de cabeza, pateaba al perro, se cargaba algún electrodoméstico de los pocos que quedaban vivos y la madre salía escaleras abajo desde el tercer piso, la mano sobre el sujetador talla cien marca Lovable, la bata de guatiné y el dinero justo para llamar a un taxi que le llevase a la casa de Lunas, en el barrio de Salamanca. Allí, sobre el mismo sofá que ella misma limpiaba tres veces por semana, mil pesetas la hora, rompería a llorar. El catedrático jubilado la colmaría de besos y babas con sabor a tabaco de pipa. Al

rato llegaría la niña, tal vez sudorosa, calmada y conciliado-
ra, con el picotazo reciente en el brazo, o tal vez llegaría
aún con ganas de gresca, patearía la puerta del Lunas, viejo
verde, cabrón, chulo asqueroso, suelta a mi madre, que se
enteren tus vecinos de lo salido que estás, hasta que el otro
entreabriera el portón y le tirase mil pesetas arrugadas que
ella atraparía en el aire. Volvería al cabo de una hora, se re-
costaría silenciosa sobre la esterilla de la entrada, gemiría de
pena y, cuando la dejasen pasar, se pondría a llorar sobre
las piernas de la madre, diciendo que estaba harta de hacerle
la vida imposible y que le perdonase. Marcharían las dos
abrazadas hacia el metro, exprimiendo pañuelos y planes.

—Pati, ¿qué clase de mujeres te gustan?

—Las que me tratan como a un niño grande.

—Y a mí los niños de cuarenta años.

—Baja la ventanilla que entre un poco de aire. —Y que
pase la noche dentro, me faltó decir, que se vuelva todo
más difuso, deseé. Difuso, vago y vaporoso como esas excursiones iniciáticas donde el chico y la chica se recuestan
pegados y fingen más sueño y más cansancio del que tienen, y una mano medio dormida se apoya en alguna curva
medio despierta.

—Mi madre te gustaría. ¿Me dejas darle una caladita al
puro? A ver... Ella trata a todo el mundo como si fueran
niños grandes. Coño, ¡pues está bueno!

Hablaba de todo y daban ganas de hablarle de todo.
Contarle naderías como que me encantó el último anuncio
de Coca-Cola y contárselo bien, con ritmo y gracia.

—Pati, vamos a imaginar que yo te gusto y que tú me
gustas. ¿Vale? Pero yo me pongo en plan un poco pija y
empiezo a pedirte cosas. ¿Tú qué estarías dispuesto a hacer
por mí?

—Todo.

Hice como que no me daba cuenta cuando empezó a dibujar letras en mi cabeza con el dedo índice, vuelta hacia mí, en la misma postura que la sirena de Copenhague, enseñándome más retazos de su vida.

Un día llegó a casa con Bartolo, mira mamá te presento a un amigo estupendo que conocí hace poco, el chico se sentó con sus pantalones de cuero negro, el hoyuelo de la barbilla, las botas de tacón alto, la chaqueta de ante Paul Smith, trescientas mil pesetas en Londres, sobre uno de los dos sofás desconchados, y la madre, que olisqueó como el perro la alcurnia de su visita, corrió de nuevo escaleras abajo, en un revuelo de rombos guateados, la mano sobre el sostén marca Lovable, un bolso con ruedas cogido del asa. Dejó fiadas en la tienda diez mil pesetas, aparte de las treinta mil que debía de meses anteriores. Pero mira cómo te atiende mi madre, qué gracia, ¿no es maravillosa?, le preguntaba Lorena a Bartolo, y el chico, sí, sí, ante los platos de mortadela, caña de lomo y morcón, pero de verdad, no se moleste usted más, señora, si no tengo mucha hambre, y vengan aceitunas rellenas de anchoas y vengan botellines de cervezas y venga tarta helada. Algunos vasos con adornos de pintura y algunos platos de porcelana salieron, tras muchos años en cautiverio, de los interiores recónditos de ese museo de las casas proletarias que es el mueble bar. Fidel se acabó enterando de eso y no le gustó.

—Pero de Bartolo sólo me interesaba el dinero. Fidel es otra cosa.

Dio una calada honda y se quedó con sus amores dormida en mi hombro. Llamó Carlos al móvil.

—Augusto, ¿qué hago con éste?

—¿Con quién?

—Con el tutor de tu hijo, ¿te acuerdas? Van a cerrar la discoteca y el pobre está muerto de miedo.

—Déjalo que se pierda por ahí.

—¿Dónde andas?

—De camino al lugar del secuestro.

—He rezado en latín. ¿Qué más puedo hacer?

—Marcharte a casa y probar en inglés. Si te necesito, llamaré.

—¿Por qué me hablas tan bajito?

—Llevo a una niña durmiendo en mi hombro.

—¿Una niña?

Los árboles patinaban más lentos conforme ascendíamos a la sierra. El vino hacía del Cicatriz un guía precavido. Llamó Irene también.

—Cariño, ¿qué tal?

—Irene, Irene, hay tantas cosas que...

—¿Qué?

—Bueno, no sé.

Silencio de teléfono, silencio de coche y silencio de alguien durmiendo al lado.

—No sé —repetí.

—Te creo en cualquier caso. Todo va a salir bien.

Su teléfono al colgar sonó como un beso. Lorena se despertó, estiró los brazos, desabrochó el cinturón de seguridad y levantó con su cintura dos montañas en el aire.

—Pati, ¿qué te parece si pasamos del Cicatriz, seguimos hacia Burgos y después hacia Francia y nos vamos hasta el final de Rusia?

—Vale. —Tal vez fingí seguirle el juego, tal vez fingí que fingía—. Nos vamos hasta el final de donde quieras si me prometes que nunca más te meterás caballo.

—Eso sí que no.

—¿Por qué no?

—Porque con un gramo soy la dueña del mundo. —Entré en la frase con los cinco sentidos y salí sólo con el de la vista. Los otros andaban con Irene en alguna tarde de sábado en que el mundo parecía tierno como un adulto que suma con los dedos, como un niño calentando la punta del boli con su aliento, como el pañuelo de una madre entre la muñeca y la manga.

—Es que no es lo mismo que el whisky, créeme. La heroína cuando está de buenas, es poder.

El viento besaba el coche por el lado de ella empujándonos hacia los precipicios.

—Pati, Pati, Pati... me das pena —susurró medio dormida—. ¿Tienes idea de la sorpresa que te vas a llevar cuando lleguemos?

—No es ninguna sorpresa.

—¿Ah, sí...? ¿Quién te crees que mandó secuestrar a tu hijo?

—Nadie.

—¿Cómo que nadie? —Se enderezó en el asiento como si le clavaran una lanza en la espalda— ¿Es que no te crees que le pegaron un puñetazo y lo sacaron a rastras del colegio?

—Sí, fue el Metralla, el boxeador. Y lo trajo a la sierra, eso es cierto.

—¿Entonces?

—Un paripé del que ni tu profe ni su primo el gorila han sido conscientes. Los habéis engañado como a tanta gente.

—Ya, ya... ¿Y quién ha mandado cortar los dedos a Bartolo, eh? dime, ¿quién es el Lector? No te preocupes, lo sabrás en muy poquito tiempo, ya verás.

—Lo sé ya.

—¿Quién entonces?

—Mi hijo. O tal vez debería decir el hijo de Luis, mi cuñado muerto.

Las montañas se manifestaban a lo lejos con la contundencia con que los niños las pintan.


—¿Cómo lo has averiguado, Pati?

—El Manco intuyó enseguida que los tiros venían por ahí. Un tío listo. Sabía que la vida de su hijo no corría peligro porque le habéis pedido algo más que dinero, algo para lo cual se necesita probablemente que el padre y el niño estén vivos. No sé aún de qué se trata, pero debe ser algo tremendo, lo suficiente como para que el Manco haya deseado su propia muerte. Lo que no esperaba el Manco es que le siguierais cortando la mano al hijo. Se puso nervioso cuando le comuniqué lo de Icade. Después me llamó Fidel para que fuera al colegio en Villaverde. Voy y me lo encuentro con la cara magullada y diciéndome que alguien lo amenazó de muerte si yo seguía investigando el caso.

—¿Y qué hay de raro en eso?

—Fidel ha sido el autor y Lector de todos mis pasos desde que me levanté de la cama. En realidad se trataba de una venganza en mi nombre, la venganza de Fidel contra el Manco y el hijo. Fidel quiso pasearme por todos los personajes de la historia para que participase en la fiesta y, de camino, lo comprendiese y lo perdonara: Joy Eslava con el culturista cultureta, el Adagio, la Celsa, el Icade con el de los ojos grises, el metro del Gran Julay... las claves necesarias para sacarme de mi lecho, informarme sobre sus problemas con la heroína, y sobre la maldad del Manco y su hijo. —Lorena miraba al frente, y yo también, se refregaba un brazo con la palma del otro, cuanto más hablaba yo, más frío nos entraba a los dos—. Cuando Fidel se dio cuenta de que yo podía estropearle su final, me desvió hacia ti y hacia la granja de Alcalá, con el pretexto de que debía pagarte cien mil pesetas, para ganar tiempo y convocar a los participantes. Pero enseguida intentó apartarme del caso fingiendo amenazas de muerte. Entró el gorila en el colegio y delante de todo el mundo se lo llevó. A su amigo Quique también lo engañó. Todo planeado por él, tu aparición en el Vip's diciendo que me quedara quietecito allí o lo matabais, su llamada falsamente interceptada para pedir que dejara el caso, y finalmente, la orden al Cicatriz para que me trajera aquí con la condición de que viese lo que viese, no haría nada. A esas alturas ya sabría Fidel que yo sospechaba de él, así que ha preferido invitarme al festín.

—¿Y ahora qué vas a hacer?

# 21

Antonelo paró al inicio de un carril.

—Montad en mi coche si no queréis hundiros en la nieve.

Al rato se detuvo ante una caseta. Sacó de allí una motonieve, algo parecido a un puñal negro de dos metros con patines y gasolina.

—¿Te gusta? —El Cicatriz parecía un niño borracho de dulces encima de su juguete.

—No me disgusta.

—Bueno, pues aquí vas a sentirte alguien dentro de un rato. Lleva tú a Lorena en mi coche y seguidme.

Aunque vayan a todas partes en coche, hay hombres que han nacido para viajar en bicicleta, para deleitarse en el paisaje y en su propio esfuerzo, otros encuentran su medio idóneo en el patín, cómodo, seguro pero a ras de suelo, otros en el caballo, como yo, por aquello de mi fisonomía y el apego al yegüerío, otros parecen que corren en motos rápidas de las que se van de los sitios antes de haber llegado, y algunos, los más inteligentes, dan la impresión de viajar por la vida a pie, las manos en los bolsillos y una canción en la boca, por mucho que su talento les haya obligado a frecuentar el avión. Bueno, pues Antonelo había nacido para montar en las motonieves, el único sitio donde ese gordo pendenciero derrochaba armonía. Parecía que bailaba un vals con la moto delante de nosotros.

Nos condujo a una llanada donde aguardaban siete pilotos junto a siete motonieves. Entre ellos, la Trini y Adriano Gutiérrez, el látigo de los corruptos junto a su juguete mimoso, la de los besos en la comisura de la boca, aquella a la que costaba mirar sin sopesarle las tetas.

—Ya tardamos, tronco —se quejó uno al Cicatriz.

Antonelo lo miró, se miró los guantes, se los quitó, se fue hacia él con la barriga por delante y cuando parecía que iba a desentumecerle la cara, se dirigió a todos:

—Os presento a un amigo que va a correr conmigo. Se llama Augusto.

La Trini me saludó de lejos con la mano, Adriano Gutiérrez se puso el casco creyendo que si no lo había visto yo no le reconocería, y los demás levantaron las manos a modo de bienvenida.

—Vosotros correréis en vuestras motos de seis y medio y yo en esta de cuatrocientos centímetros cúbicos; siempre ha habido clases. Lorena dará la orden de salida. La meta está donde la última noche, encima del monte, junto a la casa abandonada. Os doy diez segundos de ventaja. Si perdéis me llevo siete kilos de todos vosotros, si alguno gana, se baja a Madrid con los siete vuestros y doscientos cincuenta míos.

—¿Dónde están los tuyos? —preguntó el de antes.

—Ahí arriba —señaló Antonelo con la barbilla—. En la casa abandonada.

—Ahí se ven demasiadas luces encendidas— dijo la Trini como con desconfianza.

—Sí que se ven, sí, hay un amigo mío. Quien no crea que tengo doscientos cincuenta kilos aún está a punto de irse. Quien se quede, que vaya echando los cuartos en la saca. Por cierto, ¿lo habréis traído en dólares, no?

Lorena pasó por delante de todos con una bolsa de tela.

Antonelo sacó una botella de vino de alguna parte y se la bebió a pecho. Estrelló la botella en un árbol y se limpió la boca en la manga. Lorena se metió en el vehículo y arrancó cuesta arriba hacia la casa. Mientras tanto, todas las motos se fueron colocando en línea recta.

Un guiño en las luces del coche de Lorena en la cumbre fue la señal de salida.

Antonelo dejó que nos pasaran todos. Les regaló los diez segundos prometidos más los que empleó en vaciar otra botella de vino por su garganta, la barbilla, y la pechera, estrellarla contra un árbol y arrancar.

—Agárrate a los pelos de mi pecho —fanfarroneó.

Yo procuraba proteger mi cara del viento detrás de su casco. Tenía la sensación de que en cualquier momento iba a quedarme sin pelos o sin mofletes. Al bajar una pendiente muy pronunciada, atacó el Cicatriz. Sorteaba a los otros como si bailara no ya un vals, sino salsa, bulerías y rock&roll, todo a la vez, y todo con precisión. Si se desplazaba hacia la derecha era porque todas las cosas que en el mundo han sido y serán, las pirámides, los ciegos, las mariposas, las promesas, parecían predisponer la moto hacia aquel lado. En cada derrape levantaba un abanico de nieve y despedida que restaba visibilidad a los que venían detrás. Delante de nosotros sólo quedaba ya la Trini.

—Parece que quiere hacerse millonaria —gritó Antonelo dentro de su casco—. Corre bien la puta.

La Trini tapaba todos los huecos por donde Antonelo quería adelantarla. Su pelo se movía ante nuestras narices como la lengua de un niño haciendo burla, encaraba las curvas como si tuviera algo en contra de ellas y quisiera humillarlas.

En una de esas curvas por donde ya había pasado la

Trini, Antonelo y yo saludamos a la muerte. La moto se quedó clavada justo en el borde del acantilado, la parte delantera asomada a cincuenta metros de vacío. Salté hacia atrás creyendo que el mundo había perdido un gran piloto de esquidús, un mediocre jugador de canicas y un buen lector del *Jueves*. Pero Antonelo debió renegar de toda su dipsomanía en un segundo, porque reunió el temple necesario como para alzar la moto a pulso y encarrilarla en dirección a la noche, a la sangre y al dinero.

—Móntate, que nos la vamos a comer.

La Trini volaba lejos de nuestro faro y nosotros volábamos, buceábamos y patinábamos. Era como elevarse mil metros en el aire y caer dentro de un yogur de nata inmenso. La Trini. Los truenos de su moto se perdían valle abajo como la risa de un viejo, mofándose muy a lo lejos. Antonelo tan pronto vertía su barriga hacia adelante, como se dejaba caer hacia un lado y dejaba el vestigio de su culo en cada curva, pero reía, reía también y cada vez se escuchaba más difusa su carcajada y cada vez más cerca la de la moto de la Trini.

De repente apareció el pelo de ella dando latigazos ante nosotros.

Y de repente desapareció.

Adelantó a la Trini y su melena, la lengua de niño sólo hacía burlas al tercero.

El Cicatriz llegó primero a la meta. Lorena saltaba de alegría y nosotros nos bajamos como espectros sonrientes de la moto, yo sonriente por mi vida, él por su dinero.

Los demás llegaron al poco tiempo. También sonreían, tal vez por vicio, tal vez por la suerte de no haber muerto.

El Cicatriz sacó del mono su escopeta recortada.

—Al que se mueva, lo hago héroe.

Y echó a reír. Visto de perfil, la luna parecía meterse en

226

su risa como un tocino de cielo, y después, al cerrar la boca y mirarme de frente, la luna se le colocaba encima de la cabeza, como la aureola de un santo.

Lorena fue amordazándolos y atándolos uno a uno a los árboles con correas de cuero enormes.

¿Pero esto qué coño es?, preguntaban algunos. ¿No te hemos entregado el dinero?, te vamos a meter un puro que te vas a cagar, hombre, ya verás cuando te denunciemos, montón de mierda, y a ti también, imprecaba Adriano Gutiérrez, a ti también, Maqueijan, corrupto, chorizo, ¡mamón!, seguro que hasta eres socialista.

Una vez atados, Antonelo se volvió hacia mí:

—Ver, oír y callar.

La Trini movía la cabeza diciendo que no, que no.

—Tranquila, hermosa, tranquila —le dijo el Cicatriz—, tú te vas a escapar esta vez, que para eso te negaste a correr la última noche.

A los demás les fue cortando la cara con pulcritud, como si troceara una tarta de cumpleaños. Parecía que los troncos donde les ataron se hubiesen vuelto columnas de hierro incandescente. Allá por donde pasaba la navaja se iniciaba una danza mínima, terrible, sólo subrayada por el sonido convulso de los zapatos en la tierra. Todo el dolor quedó entre sus bocas y las mordazas.

—A ver si así nos vamos pareciendo todos y se os quitan las ganas de violar chavales— decía el Cicatriz.

Sólo le respondió el sonido de los zapatos en la tierra, garabatos milimétricos que se escapaban de la correa tobillera.

—Ahora —el Cicatriz se volvió hacia mí—, mientras Lorena mantiene a raya a esta gentuza, volvamos a la realidad.

Para Antonelo, realidad significaba dinero; para mí, el

Manco, Bartolo, Fidel y las luces dentro de la casa abandonada. Cien metros de cuesta arriba, con la nieve hasta la rodilla, no me cansaron tanto como todo lo que vería dentro de aquella casa.

—Fidel —gritó Antonelo—, traigo a tu padre.

Fidel salió con una pistola en la mano. En la cara, la droga de esa tarde más los puñetazos de dos noches atrás.

—¿Está la familia-feliz dentro? —preguntó el Cicatriz.

—Bien atada, muy unida —contestó Fidel.

—Y más que se van a unir. ¿El dinero?

—Sobre la mesa.

Frases de quirófano, cortantes y precisas bajo un cielo donde bailaban lento cuatro brochazos blancos.

El Cicatriz se metió en la casa y yo me quedé fuera con Fidel.

—Supongo que dentro está el ordenador ¿no? —le pregunté.

—Exacto, y el Manco y su hijo también.

—¿Por qué todo esto? —le pregunté.

—No soportaba ver cómo te ibas apagando día a día, o delante del ordenador o delante de las películas del oeste que ya has visto cien veces, pero siempre borracho.

—Y te metiste en mi ordenador y leíste mi correspondencia y estabas al tanto de toda mi vida, ¿no?

—Vuelves a acertar. En una de tus borracheras me introduje en tu Alma y descubrí sus direcciones. Así vi los juegos literarios que te traías con tus amigos sudamericanos, ese de la sierra Lacandona y el asesino de la Habana, observé tu estilo, tu resentimiento, lo que sientes por mamá.

—¿Y por qué me enviaste el poema del pistolero?

—Por vanidad, porque lo tengo escrito desde hace mucho tiempo y me apetecía mandártelo. De paso te podría desorientar algo, incitarte a pensar que se trataba de un juego de literatos fanáticos. A todo esto, ¿te gustó el poema?

—Es muy bueno.

—El resto, ya te lo habrás imaginado. Adriano Gutiérrez me llamó en cuanto te vio por Joy, yo llamé a Antonelo y él te siguió por la ciudad. Te llevé por donde quise, pero a medida que ibas avanzando en tus investigaciones decidí pararte y fingir mi secuestro. Tuve miedo de que lo impidieras todo; ahora no puedes hacer nada aunque te dejara, ya está todo en marcha y el dinero cobrado.

—¿Te sientes orgulloso?

—De momento he conseguido sacarte de la cama y que mamá te hable.

—O sea, que tengo que darte las gracias por todo esto.

Dentro de la casa se escuchaban los gritos del Cicatriz:

—Venga, cabrón, demuestra que eres hombre o le corto la otra mano a tu hijo. Voy a contar hasta diez.

Presentí lo que estaba pasando, pero hice como que no me importaba demasiado para intervenir en el momento preciso.

—¿Por qué los odias tanto? —pregunté a Fidel.

Allá dentro se escuchaban golpes secos, risas de Antonelo y voces de Antonelo, pero Fidel hablaba como si todo eso no fuera más que lo previsible, inevitable.

—Una noche —relató Fidel— Lorena y yo conocimos al hijo del Manco, tal vez te lo hayan contado en la granja de los yonquis. Bartolo nos invitó a su casa, pasamos allí más de una semana. Cuando me enseñó algunas fotos del padre donde se veía contigo, pregunté que quién eras. Y me dijo que un pobre cornudo. Me contó tu historia, me contó que te vistes envuelto junto a su padre en el crimen de tu cuñado y que tu mujer te abandonó. Y al ver lo bien que vivían el Manco y Bartolo, y al verte a ti tan acabado en esa cama, me marché, hice como que me enfadaba con Lorena y dejé la casa, y fui pensando en organizar algo gordo, sólo por sacarles la guita y saldar la deuda histórica. Pero se ve que el Manco hizo pesquisas por su cuenta, se terminó enterando de quién era yo y se lo contó a su hijo. Hace dos noches me presenté con Lorena a una de las carreras que organizaba Bartolo aquí. Dije que si había una moto de sobra, yo participaba. Conseguí medio millón de pesetas para entrar en la apuesta de la carrera. A Bartolo no se le ocurrió otra cosa que decir que si perdía él, todo Dios se... bueno, harían el amor con Lorena —le dio vergüenza decir follaría—, y si ganaba Bartolo, todos se la tendríamos que chupar a él. Tuve que correr.

La voz del Cicatriz se oía por fuera de las paredes:

—Cuaaaatro, ciiiinco, seeeeeis... como no te empalmes, le corto la otra mano a tu hijo, siete, ocho....

Fidel se volvió por fin hacia la casa de donde salía el rugido del Cicatriz:

—Antonelo, espera un momento —le gritó Fidel.

—Nueve...

—Espera, Antonelo —Fidel se animaba por momentos—, que ahora entramos a verlo.

—Descuida, que ya está como un burro. Ahora me voy a estrenar como mamporrero.

Se apagaron las voces por un instante. Fidel era feliz y yo intentaba disimular el horror que sentía por lo que imaginé que estaba ocurriendo dentro de la casa.

—Bueno, jefe, como te iba diciendo, yo tenía que correr porque Lorena estaba muy pasada de rosca esa noche. Me dejaron la moto del Cicatriz, que es de menos cilindrada.

Desde dentro se volvía a oír la voz de Antonelo:

—Venga, cabrón, coopera.

Y la de un chico joven que debía ser Bartolo:

—Hazlo, por favor, papá, que están locos, que nos van a matar si no.

Fidel continuaba con su relato:

—Yo pensaba ayudarle a ganar, poniéndome delante de los otros y tapándoles el paso hacia Bartolo, pero la verdad es que me piqué y le saqué más de diez metros. —Dentro, Antonelo: «Así, así, ¿Veis qué bonito?»—. Al final, me tranquilicé y lo dejé ganar. Era evidente que yo lo había dejado, jefe, y sin embargo, se empeñó en que cumpliera lo pactado. Como me negué, me cogieron entre los julandrones esos de ahí abajo y me violaron. Me llamó bastardo cien veces, me dijo que tú no eras mi padre, que mi verdadero padre fue un hermano de mamá. —«¡Eso es! ¡así! ¡sigue así!»—. Me llamaba el hijo del Zambo, el bastardo del zambo. —Fidel rompió a hacer pucheros, dejó de hablar por un instante, se mordió los labios para recuperar el control y continuó—. Perdí el sentido. Y a Lorena la dejaron tirada aquí conmigo. Podíamos haber muerto de frío si no es por el Cicatriz que tuvo que venir a salvarnos. Así que planeamos nuestra fiesta. Ya no íbamos sólo por la pasta, no. Una cicatriz para todos los que corrieron y se rieron y disfrutaron a costa mía, quinientos kilos a repartir entre Antonelo, Lorena y yo, además de los dedos cortados y lo que aún no has visto.

—¿No te parece que se te ha ido un poco la mano?

—De ninguna manera, jefe. ¿Hay algo más dulce que la venganza?

—¿Y algo más cruel y estúpido?

—No sé, compruébalo tú mismo. Vamos a pasar, ya verás...

Vi al Manco fornicando con su hijo. Bartolo de pie, con el pecho postrado en una mesa, el brazo derecho envuelto en vendas ensangrentadas colgando en el aire, y su padre de pie, sobre él.

—¿Por qué no me dijiste que querían esto? —pregunté en voz alta a mí mismo y al Manco.

—¿Sabes por qué? —me contestó el Cicatriz—. Porque confiaba en que él mismo lo iba a impedir y así tú nunca tendrías que saber lo que le habían hecho a tu hijo.

Antes de que Antonelo acabase de hablar me fui hacia el Manco y lo empujé hacia atrás.

—¡Basta ya! —grité.

El Manco permaneció por un momento derrumbado en el suelo, como un elefante matado a chorlitos.

—¿Quién coño te crees que eres? —grité a Fidel—. ¿Y tú? —pregunté al Cicatriz—. ¿Qué haces aquí? Coge todo el dinero y te lo llevas donde quieras.

—Jefe —me decía Fidel—, ¿te importa más esto que lo que te han hecho a ti y lo que me hanaaaaahhhhh...?

Cinco dedos del Manco le cortaron la frase y la garganta. De pronto, Fidel yacía con los ojos bañados en sangre y la mano del Manco explorando su tráquea. El Cicatriz le pegó tres navajazos al Manco y yo un disparo en la muñeca. Muy tarde. En el suelo quedaron muertos mi hijo y él. Me tendí a llorar sobre Fidel y desde allí asistí a la muerte de Bartolo cuando salía corriendo por la puerta. El Cicatriz lo degolló de un tajo, me dijo algo parecido a siento mucho tu disgusto, cogió el saco con todo el dinero y desapareció en la noche. Salí corriendo sin mirar a nadie. Atravesé arroyos, montes y carriles hasta subir al vehículo.

En menos de lo que dura una certeza me sumergí en la M-30, ese silbido humeante que envuelve la ciudad, el silbido que la arrulla o la despierta según los designios del viento o la marea de caucho. Le di una vuelta completa antes de llegar a casa y no hallé ninguna ventana encendida y no encontré ningún coche en el camino y era como si le cerrase la boca con la cremallera de mi coche a un gigante atroz, como si con un beso amargo sellara los dulces labios de una ciudad donde nadie sabe dar los buenos días y nadie se resigna a no darlos.

# 22

El portero se asustó.

—Trae usted la cara descompuesta, comisario, siéntese aquí, espere un momento que vaya por una compresa.

—Deje, deje, Leocadio, no pasa nada.

—Permítame al menos que le eche un poco de agua oxigenada en las manos. —Las traía raspadas de correr por los montes.

—No insista, de verdad, Leocadio, quiero descansar un poco.

Antes de que abriese la puerta del ascensor me llamó.

—Esto... comisario... verá, tengo algo para usted.

—Mañana, mañana.

Se me vino con andares de general recién condecorado y me entregó un sobre.

—Las cien mil pesetas. ¿No se acuerda? Quedamos en que si yo le echaba a la mulata tres en siete horas ganaba cien papeles, y si no, los perdía. ¿No se acuerda? Pues el caso es que a duras penas llegué al primer asalto y ahí me quedé.

—Da igual, déjelo así.

—No da igual, no. Acordamos mentirle y repartir al cincuenta por ciento entre ella y yo.

Sacaba pecho Leocadio Pérez de Pérez, sacaba insignias de los botones.

—¿Por qué ha cambiado de idea? —le pregunté.

—Usted no se merece eso. —Pecho fuera, barriga dentro—. Y yo tampoco.

Despegué de espaldas al espejo del ascensor.

Me senté a oscuras en el cuarto de baño, en el suelo, apoyado contra la vida y la bañera. Llevaba lo menos veinticinco horas sin dormir. De vez en cuando sonaban los chispetazos de algún mueble quejándose del peso de la tele, esas bombas pequeñas de las que sólo saben las grandes soledades, el rugido de mis tripas, la música de la radio apagada y el rinrineo de la llamada comprensiva que nunca marcaría Irene.

ESTE LIBRO HA SIDO IMPRESO
EN LOS TALLERES DE
A&M GRÀFIC, S. L.
CTRA. N-152, KM. 14,9. POL. IND. «LA FLORIDA»
RECINTO ARPESA, NAVE 28
08130 SANTA PERPÈTUA DE MOGODA (BARCELONA)